猫を拾ったら聖獣で 犬を拾ったら神獣で 最強すぎて困る

Neko wo hirottara Seiju de
Inu wo hirottara Shinju de
Saikyo sugite komaru

著
マーラッシュ
Illustration：たば

主な登場人物

ノア

生真面目な神獣・フェンリル。
事情があり下界で暮らしている。
食欲に忠実なマシロに
呆れることが多い。

ユート

本作の主人公。
勇者の横暴に飽き飽きしてわざと
パーティーから追放された冒険者。
天界で暮らしていた経験から、
並大抵のことでは驚かない。

リズリット

ムーンガーデン王国の王女。
クーデターで混乱する王国に戻るため
密航者として船に乗り込んだ。

マシロ

高飛車な性格の聖獣・白虎。
一族の掟に従い、
天界から降りてきた。
美味しい餌に目がない。

リスティヒ
ムーンガーデン王国の王弟。
クーデターを起こし、
王国を支配している。
グラザム
リスティヒの子。小心者。
リズリットと結婚しようと
画策している。
レッケ
ムーンガーデン王国の騎士団長。
レジスタンスを率いて
現王政に反抗している。
ギアベル
ユートをパーティーから追放した勇者。
傲慢な性格で、自分より
強い奴がいることを
認めたがらない。

プロローグ

「俺は自由だ！　自由になったぞ！」

バルトフェル帝国の山奥へと続く道で、思わず叫んでしまう。

俺の名前はユート。

前世、日本人だった俺は二十歳の時に交通事故に遭《あ》ってしまい、女神であるセレスティア様の力によって、この世界アルセディアに異世界転生したのだ。

アルセディアで十五歳になった時、盗賊に襲われているバルトフェル帝国の公爵令嬢を助けたことによって、とある冒険者パーティーの一員に推薦《すいせん》されることになった。

断ると角《かど》が立つと思い仕方なしに引き受けたが、そのパーティーのリーダーは厄介な人物だった。

とにかく酷《ひど》い扱いを受けたので、パーティーにいた時のことは思い出したくもない。

紆余曲折《うよきょくせつ》あってパーティーから追放されることとなり、さらには帝国からも出ていけと言われたため、俺は今荷物を取りに自宅へと向かっている。

嫌なことから抜け出せたことを喜びつつ、俺はスキップをしながら街道を進んだ。

パーティー追放宣告を受けた二日後。

俺は人里離れた山奥にある自宅へと帰ってきた。

「三ヶ月ぶりだな」

異世界転生前を含めて考えても、この三ヶ月は人生最悪の日々だった。帝国からは追放されたけど、二度とパーティーメンバーと会わずに済むと考えればマシな方か。

もう厄介事に巻き込まれるのはたくさんだ。これからは平穏なスローライフを送りたいな。

そもそも俺は帝国に……今住んでいる場所に愛着があるわけじゃない。

何故なら異世界転生してからの十四年間は、女神セレスティア様がいる天界で暮らしていたからだ。なんでも、子供の状態でこの異世界に放り出すのは申しわけないという理由らしい。

そのため、十四歳の誕生日を迎えた後の一年間しか、ここには住んでいないのだ。

ふと上を見ると、森の木に一羽の鳥が止まっているのが見えた。

「おっ！　ホロトロがいる」

ホロトロは体長三十センチ程の大きさで、脂がのっていてとてもおいしい鳥だ。

「今日の昼ご飯にでもするか」

俺は左手に魔力を込める。そして異空間へと手を伸ばし、弓と矢を取り出した。

これは異空間収納《いくうかんしゅうのう》という魔法だ。自分で持ちきれない大きな荷物などを収納しておくことができるから、とても便利な魔法である。前世の世界では魔法なんてなかったから、初めて使った時は感動したものだ。体内にあるＭＰ《マジックポイント》と呼ばれるものを消費することで、何もない所から火や水を出すことができるなんて、前世の記憶を持つ俺からすると奇跡としか言いようがない。

「後はこの弓矢で仕留めるだけだ」

俺は弓を引き絞る。そしてホロトロに照準を合わせ、矢を放つ。

すると矢は猛スピードで飛んでいき、見事ホロトロの首に当たった。

ホロトロは矢が刺さったまま木から落下したので、急いで駆け寄り、今日の昼食を手に入れることができた。

俺は滅多に食べることができないホロトロを入手したことが嬉しくて、笑顔で自宅へと向かう。

そしてホロトロを手に入れた場所から五分もしない内に、丸太で積み重ねたログハウスの自宅が見えてきたので、ドアを開けて中に入る。

だが家の中を見た瞬間、ホロトロを手に入れてご機嫌だった気分が一気に消え失せた。

「床に土……だと……」

この山奥に人が来ることなどない。少なくともここに住んでからの一年間は人に会ったことすらなかった。三ヶ月留守にしていたから埃があるのは理解できるが、土があるということは、誰かが俺の家に侵入したということだ。

俺は冷静に周囲の気配を探る。

すると台所の方から気配を感じた。

「ミィ……」

誰だ？　まさか人がいるのか？　いや、今の声って……

ゆっくりと台所に近づくと、そこには一匹の白い子猫が横たわっていた。

「なんだ猫か……驚かせるなよ」

白猫はこちらの存在に気づくと、ギロリと睨《にら》み付けてきた。

「そんな目をしないでくれ」

俺は敵意がないことを証明するため、白猫の頭を撫《な》でる。

「ミィ……ミィ……」

「ん？　声が弱々しいな。もしかしてどこか怪我でもしているのか？」

白猫を抱き上げて身体の隅々まで見てみる。

だが身体には傷一つなく、特に怪我をしている様子はなかった。

「それなら病気とか？」

さすがに病気だとまずいな。少なくとも俺には治すことができない。一旦街に降りて医者にみせるしかないか。

「ミィ……ミィ……」

白猫は変わらず弱々しく鳴いている。

「これは一刻を争うかもしれない」

俺は白猫を抱きかかえたまま、家の外へと向かおうとした。

しかしその時、信じられないことが起きた。

「お、お腹……空《す》きました……」

「えっ？　ね、猫が喋《しゃべ》ったぞ！」

「は、早く……ご飯……」

どうやらこの白猫は空腹のようだ。

だけど喋る猫か……まさか魔物じゃないよな？　魔物は人に仇《あだ》なす存在だ。助けたらまずいことになる。

……いや、まあもし魔物だったら倒せばいいだけか。

白猫を一旦地面に降ろす。

すると、白猫はある一点を見つめている。

どうやらさっき俺が狩ってきたホロトロが気になるようだ。

「そういえば猫は鶏肉が大好物だったな。ちょっと待っててくれ」

俺は台所に向かい、ホロトロの血抜きと毛抜き、内臓の処理を行い解体していく。そしてササミの部分を焼いて、白猫のもとへ持っていった。

「どうぞ」

「ミャア……」

白猫はササミを食べ始めた。

最初はゆっくりだったが、途中からガツガツとすごい勢いで口に入れていた。

余程お腹が空いていたのだろう。

でもなんで白猫はこんな所にいたんだ？　よくよく考えて見れば、この山奥に猫が一匹でいるなんておかしいよな。

まあ喋る猫だから、普通の猫とは違うとは思うけど……

そして白猫はササミを綺麗に平《たい》らげると、俺の肩に乗ってきた。

「わ、悪くない食事でした。一応感謝してあげます」

な、なんだこの上から目線の礼は。ツンデレというやつか？

「あ～……うん。口に合ったならよかったよ。それじゃあ俺は旅支度をするから君も家に帰った方がいいよ」

「仕方ありませんね。あなたにお世話されてあげましょう」

「ん？　いや、俺はもうここには戻ってこないよ」

「決してご飯がおいしかったからじゃありませんよ。勘違いしないでくださいね」

会話が噛み合ってないな。

まさかこの猫、話聞かない系か？

「私が何故喋るか、どうしてここにいるか気になりますよね？」

「いや、さっきも言ったけど俺はもうここを出ていくから」

「気になるって言ってください！」

白猫は俺の顔にすり寄ってきた。

今度はかまってちゃんか。この猫……いくつ属性を持っているんだ？

「はいはい。気になります」

「ふふ……そうですか。気になりますか……では教えてあげましょう。私は白虎《びゃっこ》、由緒正しき聖《せい》獣《じゅう》なのです！」

白猫は得意気な顔で、とんでもないことを口にしている。確か、聖獣とは魔物とは異なり、人間に加護をもたらす存在だったはず。

「どうですか？　驚きましたか？」

「なるほど……だから喋ることができたのか」

「えっ？　それだけですか……」

何故か白猫はしょぼんとした顔をしている。もしかして自分は喋れる猫だからすごいと自慢したかったのだろうか。それなら少し悪いことをしたな。

だけど驚かなかったことには理由がある。それは……

「実は以前喋る動物を見たことがあるんだ」

「見たことがある!?　この地上に聖獣は……まさか、天界！」

「天界のことを知ってるのか？」

「私はそこから来たのです」

天界のことを口にするつもりはなかったけど、相手が知ってるなら別だ。

天界には地上では見られない珍しい動物がたくさんいたから、この白猫もその内の一種なのだろう。

「これはなおさら私のお世話係にピッタリですね。今日からよろしくお願いします」

まさかこの白猫は地上で暮らしていくつもりなのか？

本当なら断りたいところだけど、以前天界にいた時は周りにお世話になった。そんな天界にいた聖獣だと知ってしまったからには、見捨てることはできないな。

「え〜と……まず名前を聞いてもいいかな？」

「名前ですか？　それは地上で行動を共にする人間につけてもらう決まりになっています」

ということは、このままだと俺がつけることになるのか。

もしそうだとしても、今すぐには名前なんて考えつかないし、ここは他の話題に移ろう。

「どうしてわざわざ地上に降りてきたんだ？　理由があるなら教えてほしい」

「わかりました。白虎族には十歳になると地上で暮らす掟《おきて》があって、私も天界から降りてきたのですが……」

ここで白猫は言葉を止めて、何やら言いにくそうにしていた。

なるほど……どうして言いにくそうにしているのかわかったので、代わりに口にする。

「お腹が空いて、とりあえず家があったから侵入して食べ物をいただこうとしたけど、何もなくて力尽きたと」

「ち、違います！　少し休憩していただけです」

ひとまず、地上に来た理由はわかった。

なんだかこの子だけだと少し心配だな。やはりここは俺が一緒にいた方がいいみたいだ。

「わかった。これからよろしくな。え〜と……」

「名前はあなたが決めてください」

やっぱり俺が考えるのか。

白い猫か……それに話し方からして雌《めす》だよな。それなら……

「マシロなんてどうかな？」

「マシロ……ですか。いいですね」

どうやら気に入ってくれたようだ。

真っ白な猫だったからマシロにしたけど、安易なネーミングだと嫌がられないでよかった。

「私の心が純粋無垢《じゅんすいむく》で真っ白だからマシロ……わかっていますね」

なんだか俺が想像していたことと違うことを考えているようだが。

まあ本人は気に入ってくれているし、そういうことにしておこう。

そして、マシロは食事をとって眠くなってきたのか、ベッドで寝てしまった。

その間に俺は必要な物を全て異空間にしまう。

しばらくして、旅の準備ができたのでマシロを起こすことにした。

「マシロ、マシロ」

「う～ん……なんですか……私はまだ眠たいのです……」

「眠たいなら寝てていいから。でもベッドを持っていきたいから抱っこしてもいいか？」

「仕方ないですねえ……許可します……」

真っ昼間からいいご身分だ。だけど猫は一日の半分以上は寝るって言うし、しょうがないか。

俺はマシロを抱き上げて、ベッドを異空間へとしまう。

「な、な、なんですか今のは！」

まどろんでいたはずのマシロが、突然大きな声を上げる。

「ビックリしたぞ。いきなりなんなんだ」

「い、今ベッドが消えましたよね？　これは夢ですか？」

「夢じゃないよ。天界にいたなら神聖魔法《しんせいまほう》を知ってるだろ？」

魔法には火・水・風・地・光・闇の属性魔法《ぞくせいまほう》と、神聖魔法がある。

魔法の才能があれば属性魔法のどれか、もしくは複数を使える可能性があるらしい。

神聖魔法は簡単に言ってしまうと属性魔法のパワーアップ版だ。その他に、属性魔法の中には存在しない魔法もいくつか含まれる。その一つが今使用した異空間収納魔法だ。

「もちろん知っていますが……女神セレスティア様か、天界でも上位の方しか使えない魔法じゃないですか！　何故それが人間のあなたに……」

「直接セレスティア様に教えてもらったからな」

実際には異世界転生特典でセレスティア様から授《さず》かっただけだが、わざわざ言う必要はないだろう。

それにしても、聖獣であるマシロがこれ程驚くということは、やはり神聖魔法についてはなるべく隠した方がよさそうだ。

これまでは騒ぎになるかもしれないから神聖魔法は隠れて使うようにしていたけど、どうやらその行動は間違っていなかったらしい。

「私にできない魔法を使うなんて生意気ですが……これが私のお世話係だと思えば悪くないですね」

「はいはい。それよりそろそろ行くぞ」

「わかりました」

わかったと言っても、マシロは俺の肩に乗るだけだった。

どうやらこのまま俺に運べということらしい。

まあ軽いからいいけど。

思いがけず天界の聖獣を家で拾うことになったが、まさかこの後も信じられないものを拾うとは、この時の俺には想像すらできなかった。

第一章

俺とマシロは、自宅から山の麓にあるカバチ村へと向かう。

途中森の中でマシロが三羽のホロトロを見つけたため、弓矢で射ち落とし、解体してから異空間へとしまった。異空間にしまっておけば時間が経過しないので、獲《と》れたての味を楽しむことができるのだ。

それにしてもマシロは気配を感じるのが得意なのか？　それとも人間より遥かに優れた嗅覚を使ったのか……理由はわからないが、これからは獲物を見つけることが楽になりそうだ。

「旅に出ると言っていましたが、これからどこへ行くつもりですか？」

歩くことを一切せず、俺の肩に乗っているマシロが語りかけてきた。

「……決めてない」

「決めてない？　それはどういうことですか？」

これから一緒に旅をするなら真実を伝えないとまずいよな。

「実は帝国……この国から出ていけって言われてて、まだ何も決めてないんだ」

「ま、まさか私のお世話係は犯罪者？　もしかして可愛い私もこのまま奴隷として……」

この駄猫は何を考えているんだ。世話をするのが嫌になってきたぞ。

「さっき仕留めたホロトロは俺が食べるとしよう」

「あっ！　嘘です。ごめんなさい」

ホロトロの肉が相当気に入ったのか、マシロはすぐに謝罪してきた。

なかなか食い意地の張った聖獣だな。

これはおいしくない食べ物を提供したら怒られそうだ。

「ですが主として事情は知っておきたいですね」

「誰が主だ！」

「この美しき聖獣白虎であるこの私です」

天界の動物達はこんなに偉そうじゃなかったぞ。マシロが特別なのか？　ともかくこれから地上で暮らしていくなら、常識というやつを教えてやらないとな。

「それで？　どういうことですか？」

「え～と、三ヶ月前に盗賊から公爵令嬢を助けて――」

俺はマシロに帝国を追放された経緯を話し始めた。

◇◇◇

約三ヶ月前。

「あ、ありがとう……ございました」

俺は馬車を襲っていた盗賊を蹴散らした後、一人の少女からお礼を言われた。

その娘は、どうやらバルトフェル帝国の公爵令嬢のようだった。

フードを深く被っているため顔は見えなかったが、奥ゆかしい雰囲気を出しており、深窓の令嬢といった感じだったな。

「あ、あなたのような強いお方は初めて見ました。まるで本の中の英雄そのものですわ。もしよろしければ――」

俺は公爵令嬢であるルルレーニャ・フォン・ニューフィールドさんに勧《すす》められて、あるパーティーに入ることになった。

そしてその三ヶ月後。

「貴様のような役立たずは勇者パーティーに必要ない！」

グラスランドの街にある中央広場で、俺は罵声《ばせい》を浴びせられていた。

目の前で喚《わめ》き散らしているのは、つい先日勇者に認定されたギアベルだ。

ギアベルは、世界は自分を中心に回っているという考えの持ち主で、手柄を立てれば自分のおかげ、失敗したら俺のせいにするどうしようもない奴である。

だが生まれ持った才能と帝国の皇子という特権があるせいで、諌《いさ》める者もおらず、我が儘に育ってしまっていた。

「街じゃ、こいつがいないと勇者パーティーはなんにもできないとか噂されているけど、そんなことなしぃ」

「むしろ邪魔なのはユートでしょ？　なんの役にも立ってない」

「ギアベル様の判断は正しいと思います」

パーティーメンバーである魔法使いのファラ、アーチャーのマリー、騎士のディアンヌが口を揃えてギアベルの言葉を肯定する。

この三人はギアベルの恋人でもあるため、俺への擁護などは一切なかった。本来なら追放されて絶望に落とされるところだが、周囲に噂を流し、この状況を狙って作り出した者としては、ほくそ笑むしかない。横暴なギアベル達にうんざりしたので、俺はわざと追放されることにしたのだ。

だが感情を表に出すと、勇者パーティーを抜け出す計画に支障を来《きた》すかもしれないので、神妙な顔をする。

「そ、そんな……俺は一生懸命パーティーのために尽くしていたのに……」

「あれで？　雑用すら満足にできないお前は俺のパーティーには不要だ！　今すぐパーティーから出ていけ！」

「わ、わかった……」

よし！　全て作戦どおり！

公衆の面前で宣言したんだ。もう取り消すことはできないだろう。

「なんだよ。噂は間違っていたのか」

「そうだよな。勇者であるギアベル様が役立たずのはずがない」

「役立たずはあのユートだったのか」

ギアベルは周囲の人達の声を聞き、満足そうに笑みを浮かべる。

後はギアベル達のもとから去るだけだ。

だけどこの時、予想外のことが起こった。

「勇者パーティーだけではない……お前は帝国からも追放だ！　二度と俺達の前に現れるな！」

予定していないことを口にして、ギアベル達は去っていく。

ま、まじか……まさか帝国から追放されるとは思わなかった。ギアベルの憎悪の感情を舐めてたな。俺がいなきゃ何もできないと言われたことが、予想以上にプライドを刺激したようだ。

帝国の皇子に逆らったらそれこそ面倒なことになる。ここは大人しく従うしかない。

俺は少しだけ落ち込みながら、帝国から去る準備をするため、自宅がある山奥へと向かうのであった。

◇◇◇

そして舞台はカバチ村に続く道へと戻る。

マシロが目を細めて、訝《いぶか》しげな顔で俺の方を見ていた。

「余計なことをして……バカですか」

「バカじゃない。予想が少し外れただけなんだよぉ」

「わざわざそのような小細工をしないといけないなんて……人間社会は面倒くさいですね」

「確かに……な」

生まれながら格差があったり権力争いがあったりする人間社会は、猫社会……じゃなくて白虎社会からすれば煩《わずら》わしいのだろう。

「それより、これからどうするのですか？」

カバチ村はどちらかというと帝国のやや西側にある街だけど、どこにでも行けるんだよな。

正直どこの国に行くか決めかねる。

「できれば寒すぎる所と暑すぎる所は行かないでほしいです」

「う〜ん……そうなると今の時期、南は暑いから行くなら東か西、それか北だな」

確か北側に数日歩くと海があって、船に乗れば南以外に行けるはずだ。

それに海に出れば新鮮な魚があるし、マシロも喜ぶだろう。

「とりあえずおいしい魚が食べたくないか？」

「おいしい魚？　いいですね」

「それなら北に行くとしよう」

「仕方ないですね。ユートに従いましょう」

食い意地が張っているマシロから反対意見は出なかったので、北に行くことに決定した。

目的地が決まったことで、足取りが軽くなった俺達はカバチ村へと向かう。そしてもう少しで村に到着というところで、突然悲鳴のようなものが聞こえてきた。

「ひぃぃぃっ！」

中年の男性が叫びながらこっちに向かってくる。

「なんですかあれは？」

「しっ！　マシロが喋っているのを見られるとめんどくさいことになるから黙っててくれ」

聖獣だと言っても信じてもらえなければ、魔物扱いされる可能性がある。極力人には知られない方がいいだろう。

「ニャ～」

マシロは俺の言うことを理解したのか、猫のふりをする。

「ま、魔物が！　あんたも逃げた方がいいぞ！」

男性の後方には、三匹の醜《みにく》い容姿をした魔物……ゴブリンの姿が見えた。

このままだと男性は追いつかれてしまいそうだな。

「マシロ……俺の肩にしっかり掴まるか、下に降りてくれ」

「ニャ～」

どうやら降りるつもりはないようだ。

それならこのままやらせてもらう。

「こ、殺されるぞ！　早く！」

男性は俺の横を走り抜ける。

だがスピードはなく息も絶え絶えだ。とうとう男性は地面に倒れてしまった。

もし俺がここから逃げれば、数秒後には確実に殺されてしまうだろう。

俺は腰に差した剣に手を置き、迫ってくるゴブリンに向かって駆け出す。

「ギィギィ！」

「ウヒャ！」

ゴブリンは言葉にならない声を出し、笑みを浮かべていた。

獲物が一匹から二匹に増えたと喜んでいるようだ。

しかし思いどおりにはさせない。

ゴブリン達とすれ違い様に俺は剣を抜く。

居合一閃で胴体をなぎ払うと、三匹のゴブリンは断末魔の叫びを上げることもできず、その場に崩れ落ちた。この程度の相手なら、俺にとって倒すのは造作もないことだ。

「ふふん……さすがは私のお世話係です。及第点を上げましょう」

マシロが得意気に小声で人間の言葉を喋り始めた。

反応すると男性におかしく思われるかもしれないので、とりあえず無視しよう。

「い、一瞬で……ゴブリン達を……」

男性は信じられないといった表情で、こちらに視線を送ってきた。

前から薄々思っていたことだが、俺の剣技は相当高いレベルにあるようだ。勇者パーティーにいた頃、この世界の人間がどれほど強いのか観察していたが、勇者と呼ばれたギアベルでさえ、俺より弱いと感じた。

だからこの男性が驚くのは当たり前のことなのだろう。

「た、頼むあんた！　村が……村が襲われているんだ！　助けてくれ！」

「村が襲われている……だと……」

俺は必死にしがみついてくる男性の願いを聞くため、しゃがみ込んだ。

「村の近くに洞窟《どうくつ》があって……そこにゴブリンが住みついたんだ」

ゴブリンは群れをなす種族なので、一匹や二匹では収まらず、そこそこの数がいると考えた方がよさそうだな。

「それで……ちょうど村に滞在していた勇者パーティーが討伐してくれると言っていたが、返り討ちにあってしまって。そして巣を攻撃したことでゴブリンの怒りを買い、村が……村が……」

勇者パーティー？　まさかギアベル達じゃないよな？

この世界には国に認められた勇者パーティーがいくつかある。

勇者パーティーは国や街からの要望で魔物退治などを行う代わりに、様々な特権が認められていた。

まあそもそもギアベルが帝国の皇子だったから、俺達のパーティーにはあまり関係がなかったけど。

「あの勇者パーティーは怪しいと思っていた。前金を要求してきて村で好き放題飲み食いしたあげく、ゴブリンの討伐に失敗したら逃げ出して……たぶんあれは勇者パーティーを騙《かた》った偽物だったんだ」

偽物か。それならギアベル達ではないな。もし帝国内でギアベルと遭遇してしまったら、追放されたお前が何故ここにいると因縁《いんねん》をつけられそうだけど、その心配はなさそうだ。

「とりあえず話はわかりました。後は俺に任せてください」

「ほ、本当か！」

「だからあなたはどこかに避難してください」

「ありがとう……ありがとうございます！」

こうしている間にも襲われている人がいるはずだ。

俺は立ち上がって、男性が示した村の方角に足を踏み出す。

ここからならすぐに村に到着することができるだろう。

「あなたの……命の恩人であるあなたの名前を教えてくれ」

「俺はユートです」

背中から聞こえる声に答えて、俺はカバチ村へと向かう。

そして数分もしない内に村が見えてきた。

「ひどい有り様ですね」

マシロが口にしたとおり、田畑は荒らされ、家は燃やされていて、そこら中にゴブリンの姿が確認できた。

「喋ると他の人に聞かれるぞ」

「大丈夫です。周囲に人の気配はしません。既に逃げているのかもしくは……」

死んでいると言いたいのだろうか。だがこの光景を見ているとあながち間違ってはいなさそうだ。

「安心してください。北の方から人の気配がすると風が教えてくれました」

「風が？」

「はい。私は風属性の魔法が得意ですから」

どうやらホロトロを見つけたのも、その風魔法の可能性が高いな。

それにしても人が……いや、猫が悪い。さっきの言い方だと村人はもう死んでいる的な感じだったぞ。

マシロを問い詰めてやりたいところだが、今は時間がない。早くゴブリンを討伐しなければ、俺の想像したとおりになってしまう。

「それにしてもゴブリンの数が多いな」

確認できるだけで、少なくとも三十四以上はいそうだ。

「ここは私に任せてください。ユートは人間がいる北の方をお願いします」

「大丈夫なのか？」

「誰に言っているのですか？　白虎の力を甘く見ないでください」

出会った時、てっきり狩りができなくて腹を空かせていると思っていたが、どうやら違うようだ。

「手始めに前方にいるゴブリンを蹴散らして見せます。ユートはその間に北へ向かってください」

「わかった」

マシロは自信満々な様子だったので、任せることにしよう。

「行きますよ。風切断魔法《ウインドカッター》」

マシロが魔法を唱えると、風の刃がゴブリンに向かって放たれる。

そして風の刃はゴブリン二匹を切り裂き、あっという間に倒してしまった。

「どうやら腕に自信があるのは本当だったみたいだな」

「初めからそう言ってます。それより早く行った方がいいですよ。北には一匹だけすごく大きな魔物がいるようですから」

「わかった。それじゃあ後は任せた」

俺はマシロの実力なら安心してこの場を任せられると判断し、カバチ村の北側へと向かった。

「くっ！　思っていた以上に数が多いな」

北へ向かっている最中も二十匹程のゴブリンを剣で斬り捨てた。だけどまだ多くのゴブリンの姿が見える。

「これは偽物の勇者パーティーがやられたのも頷けるな」

だが今は立ち止まっている暇はない。早く村人達がいる所に向かわないと。

「ギィギィ！」

「ウギャアッ！」

しかしその道を塞ごうとしているのか、ゴブリン達がこちらに迫ってくる。

「邪魔だ！」

だけどゴブリンごときが何匹来ようが、天界で鍛練していた俺には足止めにすらならない。

駆けながらゴブリンを倒し進んでいくと、突如人の声が聞こえてきた。

「だ、誰かメイを助けて！」

俺は声が聞こえてきた方へと進む。

そこには俺の倍以上の体躯を持ったゴブリンがいた。そして、そこにいたのはゴブリンだけではない。ゴブリンの足元には、小さな女の子が地面に座り込んでいたのだ。

巨大なゴブリンは手に持った鉄のこん棒らしき物を振りかぶる。

「い、いや……」

女の子は怯《おび》えた表情で、恐怖のためか声をうまく出せないでいた。

このままだと女の子が潰されてしまう！

俺はさらにスピードを上げて女の子のもとへと駆ける。

巨大なゴブリンのこん棒が女の子に向かって振り下ろされた瞬間、間一髪《かんいっぱつ》のところで剣で受け止めることに成功した。

なんとか間に合ったか。

だがゴブリンの力が強すぎて、押し返すことはできなそうだ。

「あ、あ……」

「だ、大丈夫……このゴブリンは俺がなんとかするから……立てるかな？」

まずは女の子を安全な場所に避難させることが優先だ。できれば自分で立って逃げてくれると助かるので、俺は背後にいる女の子に優しく問いかけた。

「あり……ありがとう。うん……立てるよ」

「よかった。それじゃあ村の人の所まで走るんだ」

「うん」

少しは恐怖が薄れてきたのか、女の子はこの場から離れようと立ち上がる。だが巨大なゴブリンはそれを許さなかった。

「グワアオッッッ！」

「キャァァァッ！」

女の子を逃がさないためか、巨大なゴブリンが咆哮《ほうこう》を上げる。

すると女の子は恐怖で悲鳴を上げ、再び地面に座り込んでしまった。

こいつ……ふざけたことを。

魔法を使えればこの状況を打破できるけど、少しでも気を抜けばこん棒が俺と女の子を押し潰すだろう。

そうなると、やはり女の子には自力で逃げてもらうしかないな。

「突然現れた奴を信じろって言う方が無理だと思うけど、君には指一本触れさせない。だから勇気を出して立ち上がってくれ」

「……うん……メイ……お兄さんのこと信じる。頑張るよ」

「いい子だ」

メイは再び立ち上がり、この場を離れようとする。

だがさっきと同じ様に、巨大なゴブリンは咆哮した。

「グワアオッッッ！」

しかしメイは止まることなく、村人のもとへと向かう。

それは、俺を信じてくれたこともあるが、メイが両手で耳を塞いで咆哮が聞こえないようにしていたからだ。賢い子だな。

さて、後は俺がここから逃れるだけだ。

俺は不意に力を抜くと同時に、バックステップをしてこん棒から逃れる。

するとこん棒が俺のいた地面を破壊する。

「すごい力だな」

大きなクレーターができているぞ。

あれをまともに食らったら一撃で殺られてしまう。

それにしても……よく見るとこのゴブリンはただのゴブリンじゃないな。ゴブリンの王様……ゴブリンキングだ！

力、スピード、全てにおいてゴブリンを優に超えており、Aランクの魔物だ。

魔物の強さはSS、S、A、B、C、D、E、Fランクに分かれている。上から三番目のランクだから相当強いことが窺《うかが》える。ちなみにAランクの魔物をいくつか狩ることができれば、勇者パーティーとして認められるのだ。

これは偽物の勇者パーティーは負けて当然だな。

このゴブリンキングを狩ることができるパーティーは、そう多くないだろう。

ましてや個人で狩る者など一握りしかいないはずだ。

「グァァァァッ！」

ゴブリンキングは自分の攻撃がかわされて腹が立ったのか、怒りの咆哮を上げていた。

そして俺を見下ろし、余裕の表情を浮かべている。負けるなんて微塵《みじん》も思っていない目だな、あれは。

実際力では負けていそうだけど、剣の技術と魔法ではこちらが上だ。

実は自分が淘汰《とうた》される側の者だということを教えてやろう。

「神聖身体強化魔法《セイクリッドブースト》」

俺は魔力を左手に込めて、自分自身に魔法をかける。

これは力やスピードを強化する付与魔法だ。魔力を込める量によって強化する量を変えられる。

今回は相手を圧倒するため、全力でかけさせてもらった。

付与魔法のおかげで俺の身体には今、力が漲《みなぎ》っている。

これならゴブリンキングに負けるはずがない!

「グガァァッ!」

ゴブリンキングは怒号を上げながらこちらに接近してきた。

そして先程と同じ様に鉄のこん棒を振り上げ、こちらに向かって振り下ろす。

鉄のこん棒が風を切り裂き、俺の頭に迫ってくる。

だがそのような攻撃を食らうわけにはいかない。

俺はこん棒に合わせて、剣を横一閃になぎ払う。

剣とこん棒がぶつかり合うとけたたましい金属音が辺りに響く。そして俺の剣によってこん棒は簡単に弾《はじ》かれた。

「ガアァァッ！」

ゴブリンキングはまさか自分の攻撃が防がれると思っていなかったのか、イラつきを見せながら連続でこん棒を振り下ろしてきた。しかし俺は全ての攻撃を剣で弾く。

力は強いが行動パターンは単調だ。動きを読み、剣で弾くことは容易《たやす》い。

そしてゴブリンキングは攻撃をする度に、少しずつ威力が弱まっている。

おそらく俺の剣の威力によって手が痺《しび》れているのだろう。

そして終いにはこん棒を持つことができず、地面に落としてしまった。

「お前の時間はもう終わりだ」

俺は勢いよく飛び上がり、こん棒を失い隙だらけとなったゴブリンキングの首に剣を振り下ろす。

するとドスンと首が地面に落ちた。

地面に着地した俺の前で、絶命したゴブリンキングの大きな体躯はズドンと地面に倒れたのであった。


「ふう……なんとかなったな」

後は残ったゴブリン達を掃討するだけだ。

だけどリーダーを倒されたせいか、ゴブリン達が敗走し始めていた。

逃がすまいとしたところで、誰かの声が聞こえた。

「あ、あの！　妹を助けていただきありがとうございました！」

「お兄ちゃんありがとう」

振り返ると、俺と同じ年くらいの女の子が深々と頭を下げていた。

そして、その隣にいたメイちゃんが俺に突撃してきたので受け止める。

「無事でよかった」

「お兄ちゃんが助けてくれたからだよ」

メイちゃんが嬉しそうに上目遣いで見つめてくる。

本当によかった……この笑顔が守れて。

もう少し遅れていたらと思うとゾッとする。だけど危機はまだ去ったわけではない。

俺はメイちゃんを優しく引き剥がす。

「まだ村を襲っている魔物がいるから、お兄ちゃんちょっと行ってくるよ。二人は安全な所に隠れてて」

「うん」

「わ、わかりました」

二人が少し大きな家に入ったのを確認して、俺はゴブリン達の討伐を再開する。

だが既にほとんどのゴブリン達は戦意がなく、村の東側に逃走していた。

そのため逃げ遅れたゴブリン達は難なく狩ることができた。

「ユート」

突如背後からマシロが現れる。

そして定位置となりつつある俺の左肩に乗った。

「ゴブリン達が逃げていきますね」

「たぶんリーダーを倒したからだと思う」

「どうしますか？　追いますか？」

見逃したらいずれまた村を襲うことは目に見えている。ここは全滅させた方がいいだろう。

「ああ、このまま追撃するぞ」

俺とマシロはゴブリン達を追って、カバチ村の東側へと向かう。

そして俺の剣とマシロの風魔法で、逃げるゴブリン達を倒していると、ある異変に気づいた。

「おかしいですね」

「そうだな」

俺はマシロの言葉に同意する。

何故なら俺達が向かっている方向に、ゴブリンの死体が転がっているからだ。

もちろん俺達が倒したわけじゃない。

「誰か俺達以外に戦っているのか？　それとも偽勇者パーティーが倒したものとか？」

「いえ、風は何も言ってないですね。もしかしたら巧妙に隠れている可能性もありますが……それと死体は新しいです。偽勇者が倒したものではないと思います」

俺は一度立ち止まり、ゴブリンの死体を確認してみる。

するとゴブリンの傷口が凍りついていることがわかった。

「誰かがゴブリンと戦っているのは間違いなさそうだ」

「私達の味方ということですね」

「それはわからないけど」

「敵の敵は味方と言いますよね？　私の野生の勘がそう言ってます」

聖獣の勘なら信用はできるものなのか？

とにかくそいつがゴブリンを倒していることは間違いないから、俺達にとって悪い状況じゃないと考えよう。

俺とマシロは死体を横目に、逃走しているゴブリンを追いかける。

するとゴブリン達が洞窟に入っていくのが見えた。

「あれが村の人が言っていたゴブリンの巣か」

「なんだか薄気味悪い所です」

「それならマシロはここで待っててくれ。俺一人で行ってくるよ」

「確かに洞窟に入りたくないという気持ちはありますが、ユートだけ行かせるような薄情者ではありませんよ」

意外にも俺のことを考えてくれてたのか。

世話係世話係と言っていたから、マシロは自分優先だと思っていた。

「いや、一人で行かせまいとしてくれるのは嬉しいけど、洞窟で背後から襲われたら嫌だなと思って。マシロはここに残って、洞窟に入ろうとしているゴブリンを退治してほしい」

「それならそうと早く言ってください。わかりました。仕方ないのでその役目は私が担いましょう。ですがその前に……あちらの草むらで、ゴブリン以外の誰かが倒れています」

「えっ？」

突然マシロが予想もしていなかったことを口にする。もしかして風の力で周囲の様子を探知したのだろうか。

ゴブリン以外の何者かが倒れている。それはゴブリンを倒した人物なのか？　とりあえずマシロが言う草むらを確認して見よう。

「呼吸が荒いですね。あまり状態はよくなさそうです」

「わかった。俺が見てくるよ。マシロはここで待っててくれ」

ゴブリン以外の魔物の可能性もあるので、危険に対処できる俺だけでいいだろう。

俺は倒れている者を確認するため、草むらをかき分けていく。

するとそこには、血を多く流した黒い子犬が倒れていた。

「子犬？　ゴブリン達にやられたのか！」

地面が赤く染まっている。むしろこの状態で生きているなんて奇跡だ。このままだとこの子犬は死んでしまうぞ。

「犬ですか？　私とは相性がよくありませんが助けて……えっ？」

子犬と聞いて危険がないと思ったのか、マシロがこちらに向かってきた。だけど子犬を見た瞬間、何故か驚きの表情を浮かべている。

「この子犬のこと知ってるのか？」

「……私も直接会ったことはありませんけど、この犬は神獣《しんじゅう》のフェンリルです」

「神獣……だと……」

どう見てもただの犬にしか見えないが……

確か神獣は女神の使いであり、聖獣と同じく、人に加護をもたらす存在と言われている。普通は天界にいる生物で、このような所にいていい存在じゃない。本当に神獣なのか？

俺はチラリとマシロに視線を向ける。

だけどただの猫にしか見えないマシロが白虎だから、そういうのもあるのかな？

「なんですか？　その目は。何か失礼なことを考えていますね？」

「いや、そんなことない。それよりこのフェンリルを助けないと」

野生の勘か？　鋭い猫だな。

俺はフェンリルに向かって左手の掌を向け、魔力を溜める。

「神聖回復魔法《セイクリッドヒール》」

魔法を解き放つと、フェンリルの身体が光り輝き始める。

神聖回復魔法《セイクリッドヒール》はどんな傷も一瞬で治してしまう回復魔法だ。

おそらくこれでフェンリルの命は助かるはずだが……

神聖回復魔法《セイクリッドヒール》の光が収まる。

すると閉じられていたフェンリルの目が、ゆっくりと開いていく。

「こ、これは……セレスティア様のお力……」

子犬が人間の言葉を口にする。

これで決まりだな。どうやら目の前の子犬はマシロの言うとおり、神獣のフェンリルで間違いないようだ。

「こんな所で何をしているのですか？」

「あなたは……白虎？」

「私のお世話係があなたの命を救ってあげたのです。感謝してください」

マシロは自分が助けたわけじゃないのに偉そうだな。

「助けてくれてありがとうございます」

フェンリルは深々と頭を下げてくる。

どうやらフェンリルはマシロと違って素直なようだ。

「お礼をしたいですけど、今はゴブリンキングをなんとかしないと。さっきは負けたけど、次こそは必ず勝ってみせます」

どうやらフェンリルの傷は、ゴブリンキングにやられたもののようだ。

「ゴブリンキングなら私のお世話係が倒しました」

「えっ？　それは本当ですか？」

「ええ……そして残りのゴブリンを倒すために洞窟へ行こうとしたら、あなたを見つけたと言うわけです」

「そうですか……だったら僕も連れていってください」

子犬に見えるけど、神獣のフェンリルなら戦力になるだろう。こちらとしても断る理由はないが……

「ここに来る途中で傷口が凍っているゴブリンを見たけど、それは君がやったのかな？」

「はい」

それなら実力的にも申し分なさそうだ。

「わかった。それじゃあ俺についてきてくれ」

「わかりました」

そして当初の作戦どおりマシロはここに残り、俺はフェンリルを連れて洞窟の中へと向かう。

洞窟に入ると段々入口からの光が届かなくなり、視界が暗闇に遮られる。

「これだと見えませんよね。灯魔法《ライト》」

フェンリルが魔法を唱えると俺達の前に光の玉が現れ、周囲を明るくしてくれた。

「光魔法も使えるんだね」

「はい。水魔法程得意じゃないけど」

ただの子犬と思って近寄ったら、とんでもない目にあわされそうだな。

「そういえば僕を治療してくれた時、セレスティア様と同じ気配を感じました。あなたは何者ですか？」

「俺は天界にいたことがあって、セレスティア様に神聖魔法を教わったんだ」

「セレスティア様に魔法を⁉　それはとても羨《うらや》ましいですね……僕は……」

フェンリルは途中で言葉を切ってうつむいてしまう。何か落ち込む理由があるのだろうか。

だがそのことを考えている暇はなかった。

「この先にゴブリンがいます」

「わかった。君が魔法で攻撃をして討ちもらした奴を俺が倒す。それでいい？」

「はい」

先に進むと、灯魔法《ライト》の光に誘《おび》き寄せられた数匹のゴブリンが迫ってきた。

「行きます！　氷柱槍魔法《アイシクルランス》」

フェンリルが声高に魔法を唱える。

すると五本の氷の槍が、ゴブリンへと放たれた。

氷の槍のスピードは速い。これは簡単には避けられないだろう。

「グキャァッ」

俺の予想どおり、ゴブリンは氷の槍をまともに食らう。

そして断末魔の叫びを上げるとその場に崩れ落ちた。

「俺の出番はなかったね」

「ご、ごめんなさい」

「いや、怒ってるわけじゃないんだ。やっぱり神獣と呼ばれるだけあって強いね」

「……僕なんかまだまだです。ゴブリンキングに手も足も出なかったし」

そういえばフェンリルは何故ここにいたんだ？　セレスティア様が天界の生物は基本地上には降りて来ないと言っていたけど……

何か事情がありそうだけど、今はゴブリンを倒すことに集中した方がよさそうだ。

「また来ます」

「わかった」

そして俺達は足を進め、洞窟内にいるゴブリンを全て倒すことに成功した。

「これで終わりかな」

「はい。近くには生物の匂いは感じないです」

匂い？　やはりイヌ科だから嗅覚がとても優れているのか？

「それにしてもすごい剣技ですね。ゴブリンキングを倒したのも頷けます」

「そうかな？　あまり人と比べたことがないからよくわからないけど」

「羨ましいです。僕にもその強さがあれば……」

なんとなくフェンリルは強さに執着があるように感じる。もしかしてそれが地上にいる理由なのか？

少し気になるから洞窟を出たら聞いてみるかな。

「あっ！　あっちの方に何かありますよ」

突然フェンリルが駆け出した。

その方向に視線を向けると、キラキラと光る物が見えた。

「こ、これは……」

そこには金や銀、宝石などの財宝があった。

「すごいですね」

マシロが感嘆している。パッと見だけど、一生遊んで暮らせる額はありそうだな。

ゴブリン達がどこからか集めてきたのだろうか。

「ともかくここに置いといてもしょうがないな」

俺は異空間に財宝を収納した。

これでいつでも財宝を取り出すことができる。

「あの……」

異空間に財宝を収納し終わった時、背後からフェンリルに話しかけられた。

「あなたの名前を教えてもらってもいいですか？」

「ああ……まだ名乗ってなかったね」

ゴブリンを倒すことを優先してしまい、大事なことを言い忘れていたし、聞き忘れていた。

「俺はユート……君の名前も教えてもらってもいいかな」

「僕には名前がありません。自分の主と認めた人物に名前をつけてもらうのが、フェンリル一族の風習でして」

マシロと似たような理由だな。天界の聖獣や神獣にはそういう決まりがあるのかもしれない。

「ぜひ、ユートさんに名前をつけてほしいというか……」

「それってこれから俺についてくるってこと？」

「……はい。もしユートさんがよければ」

そうなると白虎とフェンリルが俺のパーティーメンバーになるのか。

強すぎてとんでもないことになってきたな。

「別に構わないけど……ただ俺はこの国から出ていかなくちゃならないんだ。それでもいい？」

「は、はい！　大丈夫です！」

フェンリルは嬉しそうに頷く。

そこまで喜ばれたら、断ることはできないな。

黒いフェンリルの名前か……こういうのは苦手だけど俺がつけるしかないんだよな。

確かフランス語でノアールは黒……でもそれだと少し安直だから短くして……

「名前は……ノアでどうかな？」

「ノアですか……はい！　とても素敵な名前だと思います」

よかった。どうやら喜んでくれたようだ。

「それじゃあマシロも待っているから、外に出ようか……ノア」

「はい」

こうして俺は新しい仲間、ノアを加えて洞窟の外で待つマシロのもとへと向かった。


「遅かったですね」

「悪い悪い。でも洞窟の中にいるゴブリンは全て倒したぞ」

俺達を待ち構えていたマシロが、少し不機嫌そうに軽口をたたいてきた。

「それに洞窟の奥ですごい物も見つけたんだ」

「すごい物ですか？」

俺は異空間から洞窟で見つけた金や宝石を見せる。

「こんな物、私には価値がありませんね。ユートの好きにしてください」

「僕も必要ないので、ユートさんが使ってください」

「そうなの？　わかった」

確かに猫と犬が財宝を持っていてもしょうがないよな。

だけどこの財宝の使い道は既に決まっている。マシロとノアの許可も得られたので、好きに使わせてもらおう。

「あの……マシロさん」

「なんですか？」

「僕もユートさんと旅をさせてもらうことになったので、よろしくお願いします」

ノアが深々と頭を下げると、マシロはため息をつく。

「やはりそうなりましたか。お世話係が決めたなら、私はとやかく言うつもりはありません。名前もいただいたのでしょう？」

「はい。ノアと言います」

「私はマシロ。仕方ないからこのパーティーの決まりごとを教えてあげます。まずは私には絶対服従であること」

おいおい。この駄猫は何を言い出すんだ。ノアが新入りなのをいいことに自分ルールを押しつけるつもりか？

「それと自分の命を大切に、仲間を裏切らない」

俺はマシロを止めようとしたが、少しいいことを言ったので様子を見ることにする。

「困ったことがあったら仲間に相談する。私はあなたの事情をなんとなく理解しています。一人で先走らないようにしてください」

事情？　もしかしてそれはノアが地上に来たことと何か関係があるのか？

「見た目が少し違うだけで……神の使いと呼ばれたフェンリル一族も心が狭いですね」

「それに僕は落ちこぼれだったから……」

なんとなく今のマシロとのやり取りで、ノアの事情がわかった気がする。確かフェンリルの毛は神々しい白色をしていたはず。しかしノアの毛は漆黒という言葉が似合う色だ。やれやれ……そのくらいのことで差別するなんて、マシロの言うとおり心が狭い一族だな。いや、人間も似たようなことをしているから何も言えない。

なんだかこの場の雰囲気が少し重くなった。

だがそんな暗い空気をマシロの言葉がぶち壊す。

「それはさておき。一番重要なのが……毎日新鮮な魚を私に献上することです。わかりましたか？」

「はい！」

「わかりましたかじゃないよ。ノアも最初と最後に言ったことは気にしないでいいから」

「えっ？」

珍しくいいことを言ったと思ったら、結局は自分の要望をノアに押しつけていただけだった。

「何を言っているのですか。その二つが一番大切なことですよ。お世話係も毎日私に魚を献上するのです」

「はいはい。それより早く村に戻るとしよう。二人とも行くぞ」

「あっ？　待ってください。まだ話は終わっていません」

こうして俺はマシロの無茶な要望を聞きつつ、カバチ村へと戻った。

村に戻ると、メイちゃんやメイちゃんのお姉さん、最初に会った中年男性や大勢の村人達に出迎えられた。

「お、おお……ユートくんか。さっきは助かったよ」

「ゴブリンは倒しました。これでもう安全ですよ」

「そうか……ありがとう」

ゴブリンがいなくなったのになんだか皆の表情が暗いな。

何かあったのか？

「ねえねえ村長さん」

メイちゃんが、俺達が最初に会った中年男性に話しかける。

村長？　あの人が村長さんだったんだ。

「メイ達お引っ越ししなくちゃいけないの？」

「ああ。ユートくんのおかげで死者は出なかったけど、村がこの有り様だからね」

周囲を見ると黒煙が立ち上っていた。

ゴブリン達に田畑を荒らされ、家は燃やされたことが見てわかる。

「偽勇者にお金を渡してしまったし、もう村を修復するお金もないんだ」

「そうなの……メイ、お家から離れたくないよ」

「このままここにいても、死を待つだけだ。わかってくれ」

メイちゃんは泣き出してしまい、村人達は悲痛な表情を見せている。

「ニャ～」

「ワン」

マシロとノアが俺に向かって、何かを訴えるように鳴いている。

わかってる。俺も最初からそのつもりだったから。

二人の気持ちも俺と同じでとても嬉しい。

「村長さん。村の復興にはこちらを役立ててください」

俺は異空間から洞窟で手に入れた財宝を取り出す。

「なっ！　金や宝石が……どこから出したんだ！」

「これは洞窟の奥で発見した物です。おそらくゴブリンが集めていたのかと」

「こ、これを私達にくれると言うのか」

「はい。それからゴブリンの素材も全て村のために使ってください」

「いや、だが……これらの素材は全てユートくんのものだ。受け取れないよ」

村長さんは俺のことを思ってくれているのか、財宝を受け取ってくれない。

だが、実はこれは恩返しでもある。

天界から地上に降りて山の中で暮らし始めた時、この村では生活用品を仕入れたり、時にはおばあちゃんやおじいちゃんから野菜をタダでもらったりとお世話になった。感謝の意味も込めて受け取ってほしい。

「ねえ村長さん、メイ達お引っ越ししなくてもいいの？」

「そ、それは……」

村長さんはメイちゃんの問いに困惑している。

村長さんも本当は頷きたいのだろう。だから頷けるように俺が後押しをする。

「そうだよ。メイちゃんはこれからもカバチ村に住めるんだよ」

「本当？　よかったあ。メイ、皆のことが大好きだから、ここにいられてとっても嬉しい」

泣き顔だったメイちゃんから笑みが溢れる。

メイちゃんや村の皆を笑顔にできるなら、財宝を渡すことなど大したことじゃない。

「ユートくん……ありがとう。本当にありがとう」

俺は村長さんに両手を握られ、何度もお礼を言われる。

村がゴブリンに襲われていて驚いたけど、最悪の事態は回避できてよかった。

ゴブリン達も倒したし、これで安心して村を離れられる。

「それでは俺はこれで」

まだ空には太陽があって明るい。今からなら夜までに次の街へ行けるはずだ。

俺は村人達に背を向けて、北へと歩きだす。

「ちょ、ちょっと待ってくれ！　せめて何かお礼をさせてくれないか」

「いや、お礼なんかいいですよ」

「そういうわけにはいかない！　帝国や冒険者ギルドに今日のことを報告するよ。きっと何か褒《ほう》賞《しょう》がもらえると思うからそれまではこの村で……」

げっ！　それは困る。

ギアベルに村を助けたなんて知られたら、追放された奴が余計なことをするなと怒鳴られるだろうな。

怒鳴られるだけならまだいい。下手をすると皇子の権限で捕らえられるかもしれない。そうなる前に早く帝国を脱出した方がいいな。

「今日俺がここにいたことは秘密にしてください。それでは失礼します」

「あっ！　ちょっと！」

「お兄ちゃんありがとう！」

俺は村長やメイちゃん、村人達の声を背に、逃げるように北へと向かうのであった。

第二章

俺達は走ってカバチ村から離れていた。

「ふう……ここまでくれば大丈夫か」

「ここまでくれば大丈夫か……じゃありません！　何故私達が逃げるような真似をしなくてはならないのですか？　せっかくお礼として新鮮な魚をもらえるところでしたのに。ノアも骨付き肉が欲しかったですよね？」

「ぼ、僕はそんな……はい」

どうやらお腹は正直のようだ。マシロもノアも不満を表している。

ここはノアにも正直に何があったか話した方がいいな。

「それは申しわけなかったな。実は俺が帝国を出ていくのは――」

俺はわざと勇者パーティーを離脱したことを伝えた。

「先程も聞きましたが、最悪な人間ですね」

「ユートさんに雑用を押しつけ、手柄は全て自分の物だなんて、そんなの酷いです」

マシロもノアも怒っている。

どうやら俺と同じ考えのようだ。

「そういうことで、今俺達は北を目指している。二人は今の話を聞いても俺についてきてくれるか？」

「仕方ないですね。お世話係についていってあげましょう」

「もちろんです」

どうやら帝国追放の事情を知っても、ノアはついてきてくれるようだ。マシロも生意気だけどなんだかんだ懐いてくれている。

そして俺達は帝国から脱出するため、北へと歩き出した。

◇◇◇

ユート一行が北を目指していた頃。

ギアベル率《ひき》いる勇者パーティーはカバチ村の西にある、ランザックの街の宿屋で静養していた。

「ふざけるな！　この俺がゴブリンキングごときに負けただと！」

ギアベルはベッドの側にあった花瓶を手に取り、壁に叩きつける。

その様子をパーティーメンバーであるファラ、マリー、ディアンヌは恐れながら見ていた。

「お前達のせいだ！　お前達が上手く立ち回らなかったから俺がこんな目に！」

ギアベルはゴブリンキングのこん棒をまともに食らったことで、身体中の骨が砕かれ、ベッドから起き上がることができないでいた。動くのは花瓶を投げつけた右腕だけだ。

「ディアンヌが敵を引きつけておかないからだしぃ」

「私はマリーの矢がいつもより威力が弱かったせいだと思っています」

「ファラの魔法が発動しなかったからじゃない」

三人とも自分ではなく、仲間が悪いと口にする。

そしてそれはギアベルに対しても同じだった。

「ギアベル様も～調子悪そうに見えたしぃ」

「確かに動きが重いように感じました」

「いつもに比べて精彩を欠いていましたね」

ギアベルはパーティーメンバーの指摘を受けて、怒りで顔を赤くした。

「まさか俺のせいだと言いたいのか？」

ギアベルは威圧を込めて三人を睨み付ける。

すると三人は慌てて首を横に振った。

「ギ、ギアベル様のせいじゃないですよぉ」

「私達のせいです。申しわけありません」

「次は活躍できるよう頑張ります」

内心ではギアベルもいつもと比べて動きが悪いと感じていたが、三人は逆らえずにいた。

「そのとおりだ。もし次も醜態をさらすようなら、お前達もユートのように追放してやるからな」

ユートのように追放……その言葉の意味は、帝国に住むことができなくなるというものだ。三人はユートと違って帝国に家族がいるので、追放を避けるために、次は上手くやると決意する。

「それより、俺の怪我を治せる回復術師はまだ見つからないのか？」

「今探しているところなんだけどぉ……まだ見つかってなくてぇ」

「いつまで俺をベッドに縛りつけとくつもりだ！　早くしろ！」

ギアベルの怪我は並みの回復術師では治せない程重傷だった。

「そういえば以前は、ユートがパーティーの回復役も務めていましたね」

「今まで私は回復魔法を使う者とパーティーを組んだことがありません。まさか回復魔法があそこまで便利なものだと知りませんでした」

「あとどこから調達したのか知らないけどぉ……あいつのバッグにはなんでも入ってたねぇ」

「ディアンヌ、マリー、ファラ……それはあいつが有能だったと言いたいのか？」

三人はギアベルに問われて失言であったことに気づき、激しく首を横に振る。

「奴は無能だったから俺のパーティーには必要なかったんだ！　奴のおかげで勇者パーティーになったわけではない！　二度とユートのことは口にするな！」

三人は頷く。

客観的証拠があってもギアベルはユートの力を認めない。

だが次の依頼によって、否が応でも自分達の立ち位置に気づかせられることになるとは、今のギアベル達は知る由もなかった。

◇◇◇

カバチ村を離れて、三日程北に移動した俺達は、港街フェルドブルクに到着した。

フェルドブルクは帝国最大の貿易都市として知られており、人の多さがカバチ村とは段違いで、活気に満ち溢れていた。

「風が気持ちいいですね」

海に近いということもあり、程よい風が俺達に心地好さを運んでくれる。

それにここには新鮮な魚がたくさんあるため、マシロは御満悦だ。

「さて、これからどうするか」

船に乗れば西にも北にも東にも行ける。

西は温暖な気候なため、生活する上では便利そうだ。北は寒冷地となっており魚がおいしそうだが、数ケ月程経つと気温が下がるので、マシロが寒さに耐えられるか心配だ。

東は暑すぎず寒すぎない場所だが、西や北程栄えてはいないし、山や森が少し多い地域だ。

どうせ当てのない旅だ。マシロとノアの意見も聞いてみるか。

俺は二人に、それぞれの方角の地域に何があるか簡単に説明した。

「私は寒いのが苦手なので、北以外ならどちらでも大丈夫です」

「僕はどこだろうとユートさんについていきます」

とりあえず三択から二択になった。

西か東か……俺が住みやすいのは間違いなく西側だろう。だけど西側は栄えているため人の数が多い。マシロとノアは猫と犬のふりをしなくちゃならないから、二人にとってはストレスになるだろう。それなら……

「東に行くぞ」

「仕方ないですね。ここはユートに従いましょう」

「わかりました」

こうして次の目的地が決まった。

まずはマシロの言葉に従って市場に行き、新鮮な生魚と焼き魚、それと焼いた骨付き肉と野菜と水を大量に仕入れて、異空間にしまう。

異空間の中は時間が経過しないため、もし遭難したとしてもこの食料があればしばらくは生きていくことができるだろう。海の上では何が起こるかわからないしな。

ただお金をたくさん使ってしまったため、勇者パーティーの時に稼いだ分はほぼなくなってしまった。

残り大銀貨五枚か……まあ余程のことがない限り、大丈夫だろう。

ちなみに日本の通貨と比べるとこの世界の通貨は……

銅貨は百円。大銅貨は千円。

銀貨は一万円。大銀貨は十万円。

金貨は百万円。大金貨は一千万円。

白金貨は一億円。大白金貨は十億円だ。

まあお金の問題はとりあえず置いといて、今は帝国から脱出することが先決だ。これ以上話の通じないギアベルと同じ国にいたくない。

俺達は船に乗って帝国の東に行くため、港へと向かう。

そしてちょうど帝国の東にある小国、ムーンガーデン行きの船があったので乗ることにする。

個室の料金も入れて大銀貨一枚だったため、船員にお金を払った。

ムーンガーデンまでは船で二日かかる。

俺一人なら大部屋でもよかったが、マシロとノアは二十四時間周りに人がいるとストレスを感じると思い、個室にしたのだ。

しばらくして、とうとう船が出航する時間となった。

「どうする？　このままデッキにいて、船が陸から離れていくところでも見ていくか？」

俺は小声でマシロとノアに問いかける。

「そんなものを見てどこが楽しいのですか？　それより市場で買った焼き魚が食べたいです」

「ぼ、僕もお腹が空いてしまいました」

どうやら二人にとっては花より団子だな。

まあ俺も少しお腹が空いてきたので、ここは二人に従おう。

俺達はデッキから個室へと向かう。だがその時、周囲から不穏な声が聞こえてきた。

「おいおい、ムーンガーデン王国が滅びたって本当か？」

ん？　ムーンガーデンが滅びただと⁉

突然の情報に驚きを隠せない。

これは、東を目的地にしたのは失敗だったか。

足を止め周囲を確認すると、今の話をしていたのが二人の船員だということがわかった。

「いや、滅びたわけじゃなくてクーデターが起きたんだ」

「俺達ムーンガーデンに向かってるんだよな？　やばくないか」

「既にクーデターは成功して、王国内は落ち着いているからその心配はないようだ」

「そうか……それならいいけど」

落ち着いていると言っても不安は拭《ぬぐ》えない。ムーンガーデン行きの船に乗ったことを後悔した。

だけど船は出航してしまっている。もう戻ることはできない。

「嫌な話を聞いてしまいましたね。でも過ぎたことを気にしても仕方ないです。今は焼き魚を食べましょう」

「……そうだな」

マシロの言うとおり、あれこれ考えても仕方ない。

それなら何があっても対処できるように、今は腹ごしらえをした方がいいだろう。

俺達は個室へと向かった。

船の個室はさすがに大銀貨一枚払っただけはあり、広々とした部屋だった。

俺は早速焼き魚と焼いた骨付き肉を異空間から取り出す。

「待ってました。それではいただきましょう」

「いただきます」

マシロとノアは、香ばしい匂いを醸し出している魚と肉にかぶりつこうとするが。

「きゃあぁぁぁっ！」

突然絹《きぬ》を裂《さ》くような声が聞こえ、思わず動きを止めた。

「なんだ今の声は！」

女性の悲鳴のように聞こえたけど、あんな大声を出すなんて普通じゃない。

「気になるな。確認しに行くぞ」

「ちょっと待ってください。せめて一口だけでも」

「後にしろ。どうやらただ事じゃなさそうだ」

部屋の外から、幾人もの慌てふためいた声が聞こえてきた。

これは急いだ方がよさそうだ。

俺はドアを開けて部屋の外へ向かう。

「もう！　わかりましたよ！　行けばいいんでしょ！」

「ユートさん待ってください！」

マシロとノアも俺の後に続く。

さて、騒ぎが起こっているのはどっちだ？　大型の船だから場所を特定するのが大変だ。

だけど俺には頼もしい仲間がいる。

「デッキです」

「デッキですね」

聖獣と神獣がすぐに騒ぎの場所を特定してくれたので、俺は急いで階段を駆け上がる。

上から階段を降りてくる者が多数いることから、デッキで何か起きているのは間違いなさそうだ。

「ユート、戦いの準備を」

俺はマシロの声に従って剣を抜く。どうやら何かよくないことが起きているのは間違いなさそうだ。

そして階段を上りきると、船員と魔物が戦っている姿が見えた。

「野郎ども！　客には指一本触れさせるなよ！」

「「へい！」」

キャプテンハットをかぶった男が船員達に命令を下す。すると船員達は勇《いさ》ましい声を上げ、魔物達と戦い始める。

「うっ……なんですか。あの気持ち悪い魔物は」

船を襲っている魔物は二足歩行で、槍を持っている。だが身体は鱗《うろこ》で覆われており、顔は魚だった。

「あれは半魚人だな」

「実は私、こう見えて水の中が苦手で……もし海の中に引きずり込まれたら……」

いや、どう見ても猫のマシロは水の中が苦手に見えるけど……こう見えてって、場を和《なご》ますために冗談を言っているのか？

俺は思わずノアと顔を見合わせてしまう。

だがマシロの表情は真剣だ。本気で言っているのだろう。

「そ、そうなんだ。まあ人もたくさんいるし、喋れることがバレるのも面倒だから、二人は隠れていてくれ」

こんな所で二人を見世物にするわけにはいかない。

俺は船員を攻撃している半魚人を背後から斬り捨てる。

すると半魚人はなす術もなく青い血を流し、地面に崩れ落ちた。

戦ってる船員も半魚人もそれぞれ十五名程、ここは船員と戦っている半魚人を狙って倒していこう。

そして五人程倒すと人数差が出てきたせいか、こちらが優位に戦えるようになってきた。

「そこの兄ちゃん、助かったぜ」

鋭い目をしたキャプテンハットをかぶった男と背中合わせになると、そいつはこちらに話しかけてきた。

「いえ、船が沈んだら大変ですから」

主にマシロが。

「とりあえずもう少し力を貸してくれねえか」

「わかりました」

そして俺は再び半魚人へ斬りかかる。戦い始めて数分も経つと半魚人は全て倒れ、俺達の勝利となった。

「ふう……なんとかなったな。初めて海に出たけどまさか魔物に襲われるなんて思わなかったぞ」

「そうだな。滅多にあることじゃねえぞ。ある意味ラッキーだったな」

俺の独り言にキャプテンハットをかぶった男が答える。

「ラッキーじゃないですよ」

「いや、ラッキーって言ったのは俺や乗客達のことだよ。お前がいなきゃマジで沈没してたかもしれねえからな」

「お役に立てたならよかったです」

「俺はオゼアだ。恩人の名前を聞かせてもらってもいいか？」

オゼアさんは右手を差し出してきた。

「俺はユートです。よろしくお願いします」

差し出された手を握り、オゼアさんと握手を交わす。

「ユートに借りができちまったな。確か個室が一部屋空いていたはずだが、その部屋を使うか？」

「いえ、もう個室を使ってるので大丈夫ですよ」

「だがそれじゃあ俺の気が……」

オゼアさんは、顔は強面《こわもて》だが義理堅い人のようだ。

困っている人がいたら助けるのは当たり前だし、ましてや自分が乗っている船が沈められるところだったんだ。気にしないでいいのに。

俺はどう断ろうか考えていたら、突如船が大きく揺れた。

「くっ！」

「おわっ！」

俺は危うくバランスを崩しそうになったが、なんとか堪えることができた。

「な、なんだ今の揺れは！　何が起きた！」

オゼアさんにとっても予想外の揺れだったようで、急いで船員に状況を確認している。

すると階段を上ってきた船員から、とんでもない報告が返ってきた。

「オゼア船長！　右舷《うげん》にある食料庫に穴が空き、浸水しています！」

船員の声が周囲に響き渡った瞬間、猛スピードでマシロが駆け寄ってきた。

「ニャーッ！　ニャーッ！」

そして俺の首に抱きつき、恐怖のためか慌てふためいていた。

無理もない。船が沈没したら嫌いな海に投げ出されるのだからな。

俺はマシロを安心させるために抱きしめる。

「修復はできそうか？」

「任せてください！　必ず直してみせます！」

「よし！　野郎共行くぞ！」

「「「へい！」」」

オゼア船長は、先程半魚人と戦っていた船員達を引き連れて階段を降りていく。

話を聞く限り船の修復はできそうなため、安心した。

マシロ程ではないが、さすがに海に放り出されるのは勘弁願いたいところだ。

「魔物が現れた時はヒヤヒヤしたよ」

「船を守ってくれてありがとう！」

俺が戦うところを見ていたのか、周囲の乗客達から感謝の声が上がる。

改めて褒められると照れる。日本人はシャイな人が多いのを知らないのか。

ともかく俺ができることは終わった。後は船員の人達に任せるしかない。

俺はデッキの端の方で作業が終わるのを待つ。すると周りに人がいなくなったので、ノアが話しかけてきた。

「ユートさんお疲れ様でした」

「ありがとう」

「僕も戦えればよかったんですけど」

「さすがにここで戦うとまずいことになるからな」

「確かにそうですね」

戦う犬がいたら見世物にされるか、魔物だと思われそうだ。

「それと……マシロさんは大丈夫でしょうか？」

「大丈夫そうに見える？」

「見えないです」

ブルブル震えながら俺の首に抱きついたままだ。

可哀想でからかう気にもなれない。

「もし船が沈没しても、マシロとノアは必ず陸まで連れていくから安心してくれ」

「ほ、本当ですか？」

「ああ。だからそんなに怖がらなくても大丈夫だ」

俺の言葉を聞くと、マシロは抱きつく力を少し弱めた。

とはいえ、またいつ船が揺れるかわからないので、俺は守るようにマシロを抱っこする。

「ノアは大丈夫なのか？」

「はい。僕は泳げるので大丈夫です」

犬かきか？　それにフェンリルなら犬より余裕で泳ぐことができそうだ。

「乗客の皆様！　修理は完了したので安心してください！」

船員から穴を塞いだとの報告を受け、ようやくマシロは俺の手から離れる。

「ふ、ふん……全然怖くなかったです…………でも感謝してあげます。ありがとう」

照れ隠しなのか、それともツンデレなのかわからないけど、マシロは俺達に背を向けてお礼を言ってきた。

「は、早くご飯を食べに行きますよ。もうお腹ペコペコです」

「はいはい」

俺とノアは腹ペコのマシロに続いて船室へと続く階段を降りる。

そして個室の前に到着し、部屋のドアを開けた。

すると、瞬時に違和感に気づいた。

「あっ！　私の焼き魚がないです！」

「僕の骨付き肉が……」

そう。テーブルの上に置いた食べ物がないのだ。いや、正確には焼き魚も骨付き肉もあるが、魚も肉も骨だけになっていた。

このことから誰かに食べられたことは明白だ。

「ノア！　匂いを嗅いでどこの誰が食べたか突き止めてください！」

マシロが滅茶苦茶怒っている。こんなに怒っている姿は見たことがない。それだけ食べ物の恨みは恐ろしいということか。

「に、匂いですか」

さすがに無茶振りじゃないだろうか。せめて何か犯人の持ち物とかなければ、特定するのは無理だろう。

だが俺の予想は大きく外れた。

「わかりました。任せてください」

なんと。ノアはこの状況で犯人がわかるというのか。

さすがは神獣のフェンリルといったところか。だけどその素晴らしいフェンリルの能力を、食い逃げ犯を捕まえるために使うのはなんだかシュールだ。

そしてノアが骨だけとなった魚と肉の匂いを嗅ぐ。

次の瞬間、ノアは目を見開き、高らかに宣言した。

「匂いの判別ができました！　犯人は……この部屋の中にいます」

ノアがとんでもないことを言い始めた。

この部屋にいるのは俺とマシロとノア。そして犯人を突き止めたノアが容疑者なわけがない。そうなると、マシロに疑われるのは俺になってしまう。

「ふにゃあっ！」

野生化したマシロが奇声を上げ飛びかかってきた。

鋭い爪が俺の顔付近に迫ってくる。

だが甘い。ノアの宣言を聞いてマシロが殺意を向けてくることは読んでいた。

俺は上体を反らし、ひらりと爪をかわす。

「シャーッ！　シャーッ！」

マシロは完全に俺を敵として見ているな。

今の攻撃も首の頸動脈《けいどうみゃく》を狙っていた。確実に仕留めるつもりのようだ。

それにしても、船の沈没を恐れていたマシロはどこに行ったのやら。それだけ焼き魚を食べたかったということはわかるけど。

だけど俺は犯人じゃない。それをどうすればわかってもらえるんだ。

「ちょっとマシロさん！　何をしているんですか！」

だがこの時、救世主が現れた。ノアが俺を守るようにマシロの前に立つ。

「何を？　この盗人に天罰を下しているところですが」

いや、そもそも魚を買ったのは俺では？　とツッコミたかったが、余計なことを言うとさらに状況が悪化しそうなので止めておく。

「僕はユートさんが犯人だなんて言ってません！」

確かにノアは、犯人はこの部屋の中にいると言っただけで、俺が犯人とは言っていない。

そうなると魚と肉を食べた容疑者は一人だけだ。

俺は目を細めてマシロに視線を送る。

「な、なんですか」

「そういえば犯人って、自分の罪を人に擦《なす》り付けるために騒ぎ立てるって聞いたことがあるな」

「私は食べてません！」

「別に俺はマシロが犯人とは言ってないぞ。ただ俺が犯人じゃないとすると……」

「私だと言いたいのですか？」

だけど疑問は残る。いつ魚を食したのか、そして何故ノアの骨付き肉まで食べたのか……

もしかして犯人は別にいるのか？

だがその疑問には、ノアが答えてくれた。

「二人ともやめてください！　犯人はユートさんでもマシロさんでもないです」

「えっ？　そうなるとノア……まさかあなたが私の魚を……」

だから俺が買った魚な。

「違います！　この部屋にはもう一人……別の人の匂いを感じます」

「別の人？」

この船室には今俺達がいるリビングと、奥の部屋にある寝室の二部屋がある。

もしかして寝室に誰かいるのか。

「この奥に私の魚を食し、罪を擦り付けた者がいるということですね」

マシロの身体から怒りの炎が上がっている。だけど俺に罪を擦り付けたマシロが言う言葉じゃないぞ。

「マシロ待て。この奥に誰かいるなら俺が行く。あと、これ以上喋るな」

二人が話しているのを見られたらややこしいことになる。

ここは俺が先頭に立つのがいいだろう。

マシロは俺の言葉を理解したのか一度下がり、俺の肩に乗る。

「シャーッ！　シャーッ！」

そして喋って怒りを表せない分、猫語で威嚇《いかく》していた。

耳元でシャーシャーやられると、顔を引っかかれそうで俺が怖いから止めてほしい。

とにかくマシロの機嫌を直すためにも、早く不審者を片付けるとしよう。

俺は奥の部屋のドアノブに手を置く。

さっきまで騒いでいたから、犯人は警戒しているかもしれない。

ゆっくりとドアノブを回し、部屋の中を覗いた。

すると予想外のものが俺の目に入ってきた。

どういうことだ？　状況が理解できない。

寝室には侵入者と思われる人物がいた。だがその様子に驚いてしまう。

侵入者はパールホワイトの長い髪の女の子で、何故か俺のベッドの枕に抱きつきながら、目を閉じていた。

「何？　まさかこの子が犯人？」

女の子はまるで自分の家にいるかのようにぐっすりと寝ている。

けどこの子が魚と肉を食べた犯人として、こんな所で寝るか普通。捕まえてくれって言ってるようなものだ。

そうなるとこの女の子は犯人じゃない？　でもノアは犯人はこの部屋の中にいるって言ってたしなあ。なんだかよくわからなくなってきたぞ。

「とりあえず無防備な内に息の根を止めましょう」

「ダメだろそれ」

「何故ですか？　私の魚を食べたことは万死に値します」

この猫、物騒なことを口にするな。

本当に女神様に仕える聖獣なのか？

「まだこの女の子が犯人と決まったわけじゃないだろ？」

「そうですね」

「それに、たとえ犯人だとしても、息の根を止めるのはダメだ」

「……わかりました」

返事までに間があったし、俺から目を逸らしている。絶対に納得してないよな。

「え～と……すみません」

俺は女の子を起こすため肩を揺する。すると女の子は目を閉じたまま言葉を発した。

「う～ん……もう食べられません」

「クロですね。やはりこのまま息の根を止めましょう」

「だから待ってくれ。それとそろそろ喋るのをやめようか」

やれやれ。それにしてもなんでよりによってその言葉が出てくるのか。ますますマシロの殺意が大きくなったぞ。

「起きてくれ。ここは君の部屋じゃないぞ」

今度はさっきより強く揺すってみる。

「うぅ……はっ！　ここは……」

「船室のベッドの上だよ」

俺は女の子の問いに答えた。

だが寝起きのためか、女の子の目の焦点がまだ定まっていないように見える。

そしてようやく俺のことに気づいたのか、女の子はベッドの上で土下座をし始めた。

「申しわけありません！」

な、なんだ？　突然謝ってきて。これはどういう意味で土下座をしているんだ。

とりあえず事情を聞く前に、マシロを抱っこしておこう。

女の子が魚を食べたって言ったら、マシロが襲いかかりそうだからな。

「その謝罪はどういう意味かな？」

「それは……お肉とお魚を食べてしまったことと……」

女の子の言葉を聞き、マシロが俺の手から抜け出そうと暴れる。

やはり抱っこしておいて正解だったな。

「ベッドで寝てしまったことです」

女の子は謝罪してきたけど、なんだか腑《ふ》に落ちない。

そもそもどうやって部屋に入ったのか。部屋には鍵がかけられていたから、入ることはできないはず。そしてさっきも思ったが、何故ベッドで寝ていたのか。食い逃げするつもりなら、ベッドで寝ているのはどう考えてもおかしい。

それに言葉遣いもそうだけど、なんだか所作の一つ一つに気品を感じるのは気のせいか？

船長に突き出すにしても理由は聞いておきたいな。

「お腹が減っていて、満腹になったから眠くなってベッドで寝てしまったということかな？」

「お腹が空いていたというのは事実ですが……全ては女神様の御心のままに」

「えっ？」

なんか宗教染みたことを言ってきたな。もしかしてこの子は女神の信仰者なのか？

「それはどういう意味なのかな？」

「女神様が夢で教えてくださったのです。夜中に船に乗船し、この部屋のクローゼットに隠れ、魚と肉が提供されたら食し、ベッドで寝れば救われると」

え〜と……女神様が夢で？　なんだかとんでもないことを言ってきたな。これが本当ならすごいことだけど。

ん？

マシロが俺の手を軽く引っかいてきた。

視線を向けると、マシロはジェスチャーで、リビングに連れていけと言ってきた。

「ごめん。ちょっとここで待っててもらってもいいかな？」

「わかりました」

俺はマシロを抱っこしたまま、ノアを引き連れてリビングへと向かう。

そしてリビングに到着すると、マシロが小声で話しかけてきた。

「あの女、ヤバイです。現実と夢が区別できていないのでは？　私はすぐに断罪すべきだと思います」

確かに女神様が夢で神託をくれたなどおかしな話だ。だけど日本から来た俺にとってこの世界は、魔法があったり魔物がいたりと常識外なことばかりだ。だから神託を聞く能力があっても、不思議ではないと少し思っている。

「本当のことかも知れないですよ。女神様の声を聞くことができるなんてすごいなあ」

マシロとは逆に、ノアは女の子の能力を信じているようだ。

「あなたはバカですか。そんなことでは悪徳業者に騙《だま》されて、新鮮ではない魚を買わされてしまいますよ」

「でもあの方が嘘を言っているようには見えません。マシロさんにはどう見えますか？」

「そ、それは……」

どうやらマシロにも、あの女の子は嘘を言ってないように見えるようだ。

「このような時にセレスティア様がいらっしゃれば真実を見抜いてくださるのに」

「そうですね。セレスティア様には真実を見極める能力がありますから」

「それなら俺もできるぞ」

「「えっ！」」

二人が大きな驚きの声を上げる。隣の部屋にいる女の子に聞こえてしまうぞ。

「セレスティア様みたいに全てとは言えないけど、相手の能力とか称号くらいならスキルでわかる」

ちなみに、スキルとは鍛錬《たんれん》や学習によって獲得した技能であり、魔法と同じように使用するのにＭＰが必要となる能力だ。

「ふふ……う、嘘はダメですよ。セレスティア様と同じ力があるなんて」

「でもユートさんは神聖魔法が使えます。本当のことでは……」

「とりあえず確認してみるよ」

「そうですね。ですが安心してください。できなくても笑ったりしませんから。できなくて当たり前なんです」

マシロは疑り深いなあ。でも何もわからない可能性もあるからな。

俺達は再び女の子がいる寝室へと戻る。

「今誰かとお話をされていましたか？　声が聞こえたので」

「いや、隣の部屋の人かなあ……たぶん」

やはりさっきの声は聞こえていたか。二人とも迂闊《うかつ》に大声を出さないでもらいたい。

とにかく、まずはこの女の子をスキルで視《み》てみるか。

俺は女の子を真っすぐに見据える。

「真実の目《ヴァールハイト》」

そう呟いた瞬間、女の子の能力の詳細を数値化したステータスが俺の目に映った。
だけどこれは……
「えっ！」
俺は女の子の能力を視て、思わず驚きの声を上げてしまう。
突然声を上げてしまったので、全員が俺の方に視線を送ってきた。
だが今はそんなことより女の子の能力の確認だ。

名前：リズリット・フォン・ムーンガーデン
性別：女
種族：人間
レベル：８／１００
好感度：Ａ
力：４５
素早さ：７５
防御力：５０
魔力：４３２
ＨＰ：６２

ＭＰ：１９２
スキル：魔力強化Ｄ・簿記・料理・掃除・神託
魔法：光魔法ランク３
称号：腹ペコハンター・ムーンガーデン王国元王女・聖女

名前を見てこの子が何者なのか察してしまった。この女の子……リズリットは、これから向かおうとしているムーンガーデン王国のお姫様だ。しかも称号に『元』がついているということは、クーデターが起こって逃げてきたというわけか。これはとんでもない子に会ってしまったな。

そしてスキルの神託でセレスティア様の声を聞いたのだろう。

リズリットは嘘など言っていなかったのだ。

「あの……そんなにじっと見られると恥ずかしいです」

「ご、ごめん！」

そうだよな。女の子をじっと見るなんて失礼だよな。今のは故意ではないけど、さすがは王女様と言うべきか、整った顔をしている。くりっとした目に左右対称の顔、可愛らしくてずっと見ていたい気持ちに駆り立てられる。

「え〜と……セレスティア様の言葉を聞くことができるのは本当みたいだ」

小声で結論を述べると、マシロが信じられないといった表情をする。

これで魚を食べられた恨みで、リズリットを攻撃するのを止めてくれるはずだ。

「神の地で暮らしていた青年が、私のことを導いてくださるとセレスティア様は仰っていました」

「何故ユートが天界から来たことを知っているのですか！」

「えっ？」

おいおい。マシロがリズリットの言葉を聞いて、思わず話しかけてしまったぞ。

「今このネコちゃん喋りましたよね？」

「ニャ、ニャ〜」

マシロは今さら猫の真似をしているが、もう遅い。

「私……初めて見た時から思っていました。なんて可愛いネコちゃんとワンちゃんなんだろうって」

リズリットはマシロを抱き寄せて頬擦りをし始める。

「もふもふしてて可愛いです」

「や、やめてください！　私はネコじゃなくて誇り高き聖獣ですよ！」

「やっぱり喋りました。私……動物とお話しするのが夢だったんです」

「く、苦しい……」

マシロはリズリットの胸に埋もれ、息が吸えないでいる。マシロにとっては地獄かもしれないが、人によっては天国と言える状況だろう。

「マ、マシロさん、大丈夫ですか？」

窒息状態のマシロを心配してノアが声をかける。

だがその行動がいけなかった。今度はノアがターゲットとして、リズリットに抱きしめられてしまった。

「うぅっ！」

「ワンちゃんも可愛いですね。あなたから来てくれてとても嬉しいです」

先程のマシロと同様に、ノアがリズリットの胸に埋もれている。代わりにマシロは解放され、新鮮な空気を吸うことができていた。

「ふう……ノアの尊い犠牲は無駄にはしません。あなたは私の心の中で永遠に生き続けるでしょう」

「勝手に殺すな。それと助けてもらったのに最低だな」

「こっちは危うく息の根を止められるところでした」

「マシロが息の根を止めるって言ってたこと、聞こえてたんじゃないか？」

「そこまで言うならあなたも同じ苦しみを味わったらどうですか」

代われるものなら代わりたい。だがそんなことを口にした日には、俺への信頼が地に落ちるだろう。

「ぎゅっとされたいのですか？　いいですよ」

「えっ？」

リズリットは俺達の話を聞いていたのかノアを解放し、両手を広げる。

いやいやいやいや……会ったばかりの男を抱きしめるなんてダメでしょ。

高貴な人は一般人とは違う常識を持っているのか？

「いや、それよりどうしてリズリット王女がここにいるのか教えてくれませんか？」

とても魅力的な提案だけど、ここはなんとか堪える。今はリズリットの事情を聞く方が先だ。

「……全てセレスティア様の仰るとおりですね」

「えっ？　どういうことですか？」

「名前……」

「名前？」

「私、まだ名前を申し上げていませんよね？」

「あっ！」

リズリットの言動に動揺して、つい名前で呼んでしまった！

いや、もう色々バレているから今さらか。

「俺は人の名前や能力をスキルで視ることができるんです」

「女神の御使《みつか》い様……」

「御使い様はやめてくださいね。ユートでいいです」

「わかりましたユート様。私のことはリズとお呼びください」

「リズ王女ですね」

「リズです。敬称も敬語もなしでお願いします」

「えっ？　さすがに王女様を呼び捨てにすることは……」

「リズでお願いします」

「わ、わかりました……いや、わかった」

顔は笑っているけど圧を感じて、思わず頷いてしまった。

敬語が得意ではないので、助かるといえば助かるけど……

「それで私がここにいる理由ですけど……ユート様！　私にお力を貸していただけませんか！」

リズは深々と頭を下げる。

噂ではムーンガーデン王国でクーデターが起きたと聞いた。

王国を取り戻してほしいという願いだろうか。

だがリズの願いは俺の予想とは少し違ったものだった。

「私と……私とムーンガーデン王国に行ってもらえませんか？」

「それは、国を取り戻してほしいってことかな？」

なかなか無茶なことを言ってくる。ムーンガーデン王国のことを何も知らない俺には厳しい注文だ。

「いえ……確かにその願いもありますけど、それより国民の皆様が安心して暮らせているかが心配です。悪政が敷かれていなければいいのですが……」

自分の権力より国民のため、か。

どこぞの皇子に、爪の垢を煎《せん》じて飲ませたいものだな。

「そしてお父様とお母様が無事なのか知りたいです」

「リズの父親と母親というと、国王様と王妃様？」

「はい……私を逃がすためにムーンガーデンに残って……」

クーデターを起こした側からすれば、国王が生きていることは百害あって一利なしだ。もし捕まっていたら殺されている可能性が高いだろう。

それを知ってて言ってるのか？

俺はリズに視線を送る。

するとリズは、まっすぐな瞳で俺の目を見ていた。

覚悟はできているって感じだな。家族を心配する気持ちはわからないでもない。

「ノア、マシロどうする？」

「僕はユートさんに従います。ですが心情的にはリズリットさんに協力したいです。僕の……いえ、なんでもありません」

何かを言いかけたのは気になるけど、ノアは賛成のようだ。

後は……

「仕方ないですね。私もついていってあげましょう」

意外にもマシロはあっさりと協力すると口にした。

「マシロは反対すると思っていた」

「何故ですか？」

「私の魚を食べた不届き者を許してはおけませんとか言いそうじゃないか」

「私はそんなに食い意地が張ってはいません！」

「「えっ？」」

俺とノアはマシロの予想外の言葉に、思わず驚きの声を上げてしまった。

いやいや。リズが犯人だとわかった時、その憎しみで息の根を止めるとか口にしてたよな？

ついさっきの出来事をもう忘れたのか？

「なんですか？　その驚き方は。リズはセレスティア様のお導きがあってここにいるのでしょう？　その願いを無下《むげ》にするわけにはいきません」

確かにそうだ。セレスティア様はリズを俺達の所に導いた。つまりは俺達になんとかしてほしいということだろう。

「皆様……ありがとうございます」

「感謝してください」

こうして俺達はリズの願いを叶えるため、改めてムーンガーデン王国へ向かうことを決意する。

トントン。

その時、突然部屋のドアがノックされた。

誰だ？

ドアへと視線を向けると、声が聞こえてきた。

「俺だ。オゼアだ」

どうやら部屋を訪ねて来たのは船長のオゼアさんのようだ。

なんだろう？　ここに来たということは、俺に用があるのは間違いないと思うけど。

「どうぞ」

とりあえず用件を聞くため、俺は部屋の中に入るように促す。

すると何故かリズが慌て始めた。

「ど、どうしましょう」

「どうしたの？」

「え～と……その……あまりよろしくない状況と言いますか……ですが今さら慌てても仕方ないです。女神様に身を委《ゆだ》ねましょう」

リズが何を言っているのか俺にはわからなかった。

しかし、オゼアさんが奥の寝室に入ってくると、何故リズが慌てているのか理解した。

「ユート、今乗客全員に伝えているんだが、この船は……ってあんた誰だ？　俺は船に乗る客の顔は全て記憶しているんだが……」

「わ、私はその……」

オゼアさんが言っていることが本当なら、リズは誰にも見られずに船に乗り込んだことになる。

それってまさか……密航！

クーデターが起きて逃げてきたんだ。金など一切持っていなかったかもしれない。

確か帝国では密航は重罪だ。下手をすれば死罪になってしまう可能性がある。

俺は軽率にオゼアさんを部屋に入れてしまったことを後悔した。

だけど俺はリズを助けると決めたんだ。このまま見捨てることなんてできない。

「この子は俺の連れです。事情があって少し遅れて乗船しました」

「そうか……」

記憶なんて曖昧《あいまい》だ。こうなったらオゼアさんの記憶違いだと押し通すしかない。

俺は嘘をついていないと思わせるため、オゼアさんから目を逸らさず、まっすぐに見据える。

だけど船長であるオゼアさんを欺ける可能性は低い気がする。もしリズが捕縛された場合、どうやって逃がすか。

俺は捕まった後の救出方法を考えていると、オゼアさんから予想外の言葉が出てきた。

「あ〜……俺の勘違いだった。そういえばこの子は一番最後に乗ってたな」

「えっ？」

もしかしてオゼアさんは、リズのことを見逃してくれるのか？

「この子は何か悪さをするために、ムーンガーデン王国に行くわけじゃないよな？」

「はい。元々ムーンガーデンに住んでいたので戻るだけです」

「そうか……とりあえずいつまた魔物が現れるかわからないから、部屋から出ないようにしてくれ」

「わかりました」

おそらく船長という立場上、ハッキリと口にすることはできないが、暗に他の人に見つかると厄介だから隠れていろと言うことだろう。

たぶん船を半魚人から守ったお礼といったところか。

まさかこのような形で恩を返されるとは思わなかった。だけどそのおかげでこちらとしては助かったな。

「それで乗客全員に伝えなくちゃならないことがあってな」

そういえばオゼアさんは、何かを言いにこの部屋に来たんだっけ。

神妙な顔をしているのでなんだか嫌な予感がするな。

「残念だがこの船は、ムーンガーデン王国に行くことはできなくなった」

オゼアさんから告げられた言葉は、リズにとっては聞き逃せるものではなかった。

「ど、どういうことでしょうか」

リズはオゼアさんに詰め寄る。

「船は修理したが、あくまで応急措置だ。こんな状態の船に客を長時間乗せるわけにはいかねえ。それにさっきの襲撃で食料が全て海に流されちまったからな。一番近い港に行く予定だ」

「そ、そんな……」

リズはオゼアさんの判断にショックを受けているけど、客商売をする者として安全確保は当然のことなので間違ってはいない。

「そんなにムーンガーデンに行きたかったのか？　今はクーデターが起きているからおすすめしないぜ」

「私は……私はどうしても行かなければならないのです」

「そうか……残念だがムーンガーデンはクーデターの影響で国境を閉鎖するようだ。今後は船で行くことはできないらしい」

そうなったら陸路で行くしかないな。だが国境が閉鎖されているなら、通常の方法ではムーンガーデン王国に入ることはできなさそうだ。

「そういうわけだ。俺は他の客にも知らせに行かなきゃならねえから失礼するぜ」

オゼアさんが部屋から立ち去っていく。

食料問題だけなら、異空間に入っている野菜や肉を提供すればいいけど、船の安全性に関してはどうすることもできない。

だがリズとしては民や両親にいち早く会うため、すぐにでもムーンガーデン王国へと向かいたかっただろう。

俺が肩を落としているリズに声をかけようとした、その時。

「落ち込んでもしょうがないです。明るく元気に前向きに。今はユート様に出会えたことを女神様に感謝しないと」

リズは一人で立ち直った。表情は笑顔で、言葉どおり現状を前向きに捉えているようだ。

こういうプラス思考なところは好感が持てるな。ネガティブになるよりはいい。

「俺達が必ずリズをムーンガーデン王国に連れていくよ」

「そうですよ。この船のように大船に乗ったつもりでいなさい」

「それだと沈没するんじゃないか？」

「た、たとえですよたとえ。細かいことを気にしていると女性にモテないですよ」

「くっ！」

俺は苦虫を噛み潰したような顔をする。

事実今までの人生でモテたことがないから、マシロの言葉を聞くのは耳が痛い。

「ふふ……お二人ともありがとうございます。すごく元気になりました」

「はは……それならよかった」

マシロのせいでリズに笑われたじゃないか。少し恥ずかしいぞ。

でもこれでリズの気が少しでも紛れたならよかった。

「僕も頑張りますよ。リズさんのお役に立ってみせます」

「ありがとうございます。ノアちゃん」

こうして次の目的地は変わったけど、やるべきことができた。

そしてオゼアさんが部屋から立ち去って二時間後。

船は港街であるラインベリーに到着した。

俺達は船を降りて、桟橋《さんばし》を進んでいく。

そして進んだ先には、客に頭を下げているオゼアさんの姿が見えた。

「ようユート。悪かったな、ムーンガーデンまで行けなくて」

「仕方ないですよ。魔物の襲撃なんて予想できませんから」

「お前みたいに言ってくれるとこっちも助かるんだが……」

オゼアさんが困った表情をして頭の後ろをかき始める。

なるほど。他の客達に散々文句を言われたのかな？　まあ目的地に到着しなかったからその気持ちもわからないでもない。だけどそこでグチグチと文句を言っても何も始まらないからな。

「それではお世話になりました」

「ありがとうございます」

俺とリズは深々と頭を下げてから、オゼアさんの前を通りすぎる。

リズの密航の件があるので、ここから早く立ち去りたい。

おそらくわかっていて見逃してくれていると思うが、ただの勘違いだった場合、リズは捕まってしまう。

それに他の船員から密航の指摘があった時は、さすがにオゼアさんも庇《かば》うことはしないだろう。

俺はドキドキしながらラインベリーの街へと向かう。

「ちょっと待て」

しかし俺の思いとは裏腹に、突然背後からオゼアさんに呼び止められた。

「なんでしょうか？」

俺は平静を装ってオゼアさんの声に答える。

まさかここで密航の件を言うつもりなのか？

もしそうなら、問われた瞬間に走って逃げよう。無駄な争いはなるべくしたくはないからな。

「ユート……これで貸し借りはなしでいいな？」

濁しているが、これは明らかに密航の件について言っているのだろう。

やはりリズの密航はオゼアさんにはバレていたようだ。

「わかりました。それで大丈夫です」

俺は誤魔化すことをせず、正直に答える。バレているのに嘘をつくと、相手に不快に思われてしまうからな。

オゼアさんは俺達に近づき、小声で話し始める。

「何か困ったことがあれば相談に乗るぜ。リズリット様をよろしく頼む」

「「!!」」

俺は……いや、俺とリズは思わず声を上げてしまいそうになる。

どうやらオゼアさんは、リズがムーンガーデン王国の王女様だと気づいていたようだ。

だから密航も見逃してくれたということか。

この人、大雑把な人に見えるけどなかなか食えない人だ。

「じゃあな。また会える日を楽しみにしているぜ」

俺達を驚かすという目論見が上手くいったオゼアさんは、上機嫌な様子で船へと戻っていった。


「びっくりしてしまいました」

「そうだね。オゼアさんも人が悪い」

わざわざ別れ際に言わなくてもいいじゃないか。

明らかに俺達を驚かせるタイミングを計っていたな。

「でも協力してくれる人がいるのは嬉しいね」

「そうですね……」

リズは頷いてくれたけど表情は少し暗い。

「ですが私達は国を維持することができませんでした。見限られてもおかしくありません。果たして今のムーンガーデン王国で私に協力してくださる方がどれくらいいるか……」

余程の強い後ろ盾がなければ、リズは王女に返り咲くことはできないだろう。

そういえば他国はクーデターに関してどう対処するんだ？　内政干渉になるから手を出さないの

か、これを機に攻め込むのか、それとも既に新しい国王が他国と対話を始めているのか？

そして、肝心なことを聞き忘れていたな。

「クーデターの首謀者は誰なんだ？　それなりの地位がある奴だと思うけど」

その辺にいる一般人が起こせるものじゃない。少なくとも法律を無視して武力で国を取った奴だ。まともな人物ではないだろう。

「それは……お父様の弟であるリスティヒ公爵です」

「弟？」

なるほど。これなら他国は干渉してこない可能性が高い。兄弟ならクーデターと言うより、お家騒動として見られているかもしれないな。

「お父様とリスティヒ公爵はいつも国の政策についてぶつかっていました。リスティヒ公爵の口癖は、自国の民は生かさず殺さず、民は国に奉仕すべきだと。国民を優先するお父様とは相容れない方でした」

だから国を手に入れるためにクーデターを起こしたというわけか。もし今聞いた思想をそのまま実行しているなら、ムーンガーデン王国は相当ヤバいことになっているんじゃないか？

リズが国民を心配する気持ちが理解できる。

「ともかく今は考えても仕方ない。ムーンガーデン王国へ急いで向かおう」

「はい」

こうして俺達はラインベリーから馬車に乗り、東にあるムーンガーデン王国へと向かった。

そして夕方、国境付近にあるサルトリアの街に到着した。

明日国境を越えるために、今日はこの街で一泊することになった。

本当はリズと別々の部屋にするため、二部屋借りようと思っていた。しかし本人から同じ部屋で大丈夫と言われたので、一部屋しか借りていない。

まあマシロとノアもいるから問題ないだろう。

リズが王女様ということもあり、今回は室内にお風呂がついているちょっと金額が高めの部屋を選んだ。

「今日中に街に到着してよかったです。硬い寝床は勘弁してほしいですからね」

「私は野宿というのを一度してみたかったです」

王女様として過ごしたリズは、野外で寝ることなど無縁の人生だったのだろう。

リズは初めての体験を恐れるのではなく、楽しむタイプなのかもしれない。

「野宿をしてもいいことなんて一つもないですよ」

「満天のお星さまの中で寝ることができるなんて、素敵じゃないですか」

確かに俺もこの世界の夜空には感動した。作られた光がないため、まさにリズが言う満天の星だからだ。

「虫は出るし夜は寒い日だってありますよ」

「虫はよくわかりませんが、寒い日はほら……こうすればいいじゃないですか」

リズはマシロとノアを抱き上げる。

なるほど。確かに寒い日に二人を抱きしめれば温かそうだ。

しかし抱きしめられた二人は、とても迷惑そうにしている。

「暑苦しいです！　やめてください！」

「く、苦しいです……息が……」

リズは二人が嫌がっているのを見て解放する。その顔はとてもしょんぼりしていた。

「うぅ……ユート様。私……二人に嫌われているみたいです」

「そんなことないと思うけど」

俺が二人に視線を向けると、ノアは慌てて弁明し始める。

「僕はリズさんのこと好きですよ」

「本当ですか？」

泣いたカラスがもう笑うではないが、リズは嬉しそうに笑みを浮かべる。そして自分のことをどう思っているのか知りたいのか、チラチラとマシロにも視線を向けていた。

「わ、私も別に嫌っているわけじゃないですよ」

「そうなの？　それなら私のことが好きってことですか？　私も二人が大好きです！」

再びリズが二人を抱きしめる。だが嬉しさも相まってか、力が強いようで、二人はさっきより苦しそうだ。

「リ、リズさん息が……」

「やっぱり嫌いです！　離れなさい！」

「そんな心にもないこと言わないでください。もっと仲よくなるためにお風呂も一緒に入りますか？」

「入りません！　一人で入ってください！」

「残念です……」

リズは肩を落としながら風呂場へと向かった。

まあ猫は水に濡れるのが嫌いだから仕方ないよな。

俺もリズが風呂から出たら入ろうかな。

そう考えながら、俺は旅で疲れた身体を休めるために、ベッドに横になる。

すると突然、先程リズが入っていった風呂場のドアが開いた。

「ユート様、これはどのようにしてお湯を出すのでしょうか？　お恥ずかしいのですが、今までは侍女がやってくれたので勝手がわからなくて……」

俺は反射的に声がする方に目を向ける。

「お湯？　それは……えぇぇぇっ！」

俺はリズの姿を見て思わず大声を上げてしまった。

何故ならリズは、一糸まとわぬ姿だったからだ。

服の上からも容易に想像できたが、雪のように白い肌、大きな胸、抱きしめると折れてしまいそうなくびれ、男を惑わすには十分な破壊力だった。

それは俺に対しても同じで、本来なら目を逸らさなくてはいけないところ、吸い寄せられるように視線をリズに向けてしまう。

「始めにお水が出てきてビックリしてしまいました」

俺はリズが突然風呂場から出てきてビックリしたよ。

身体を隠すそぶりがないので、リズは自分の身体を見られていても恥ずかしいという概念がないのかもしれない。

まあこれだけ完璧なプロポーションをしていれば、見られても問題ないのか？

永遠に続いてほしい時間だったが、永遠など存在しない。

至福の時間は唐突に終わりが来た。

「いつまで見ているのですか！」

突然マシロが声を上げて襲いかかってきたのだ。

鋭い爪を伸ばし、俺の顔を切り裂こうとしている。

本来なら容易にかわすことができるが、今の俺はリズに目を奪われていたため、その爪を食らってしまう。

「ぎゃあぁぁぁっ！」

い、痛い！　これは絶対血が出てるぞ！

マシロめ。容赦なく引っかいてきたな。

風呂場に連れていってシャワーの水をかけてやろうかと一瞬考えたが、どう考えても裸の女の子をジーッと見ていた俺が悪いので自重する。

「リ、リズさん！　とりあえずお風呂場に戻りましょう。お湯の使い方は僕が教えるので」

犬なのにノアは物知りだな。まあ天界にも風呂はあったし、そこで使い方を知ったんだろう。

「ノアちゃんありがとうございます。それならこのまま一緒にお風呂に入りませんか？」

「わ、わかりました」

女神のように美しい身体をしていたリズが、ノアと共に風呂場へと戻っていく。

そしてこの場には俺とマシロだけとなった。

「さてと。外の空気でも吸ってくるか」

俺は外に出るため入口のドアノブに手を伸ばす。

だがその手を狙って、マシロが爪で攻撃してきた。

しかし先程とは違い、油断はしていない。

俺は手を引っ込めてマシロの爪をかわした。

「何をするんだ」

「それはこちらのセリフです。女性の裸を食い入るように見つめるなど恥を知りなさい。それがセレスティア様に選ばれた者のすることですか」

マシロの正論にぐうの音も出ない。セレスティア様に選ばれた云々はともかく、一人の男としてよくない行動だった。

「ごめん」

そのため、俺は素直に謝ることにした。

「どうしました？　素直に謝るなんて何か悪い物でも食べましたか？」

こ、この駄猫……調子に乗ってるな。そもそもリズの裸を見たけどマシロには関係ない。何故俺はマシロに謝らなくちゃならないんだ。

冷静になって考えると謝って損した気分になってきた。

だけどここで争ってもいいことは一つもないし、リズの裸を見たことについてガミガミ文句を言われるのも嫌だ。

だからここはおとなしく反省した方がいいだろう。

「いや、普通に悪かったと思ってるからな」

「そうですか。ではお詫びに新鮮な魚を私に提供しなさい」

なんでマシロに魚をあげなくてはならないんだ？　従順なふりをしているのがバカらしくなってきた。

「わかった。迷惑をかけたリズにおいしい魚を提供するよ。マシロは関係ないからいらないよな」

「関係あります。私はユートの歪んだ色欲を正してあげたのです。感謝されて当然です」

「色欲？　そもそも俺は純粋にリズが綺麗だと思って目が離せなかっただけだ」

「純粋？　男にそのような感情はないとセレスティア様が仰っていました。あるのは汚れた性欲だけだと」

「それは嘘だろ。まあセレスティア様は女性だから男の気持ちはわからないさ。さっきのリズはまさにこの世界最高峰の芸術品と言っても過言じゃなかったからな」

「あなた今、セレスティア様をバカにしましたね？」

「していない。思い込みで人を悪者にするのはよくないぞ」

俺とマシロの間に火花が飛び散る。

この駄猫はきっと俺を攻撃するために、襲いかかってくるに違いない。

俺はいつでも迎撃できるように警戒する。

だが俺とマシロの争いは、突然聞こえてきた声によって止められた。

「あ、あの～」

声が聞こえてきた方に目を向けると、そこにはリズの姿があった。

だが先程とは違い、肝心な所はタオルで隠されている。

「ど、どうしたの？」

「シャンプーがなくて……そのことを伝えに来たのですが……」

ん？　よく見るとリズの頬が少し赤いような……さっきは裸を見られても動じてなかったのに。

「あなた顔が赤くなっていませんか？」

俺が気になっていたことをマシロが聞いてくれた。

「それはその……ユート様が私のことを綺麗とか芸術品だと仰るのを聞いて、少し恥ずかしくなってしまって」

さっきのやり取りを聞かれてたの⁉

今度は俺が恥ずかしくなってきたぞ。

「え～と……シャンプーがないんだっけ？　ちょっと従業員の人にもらってくるよ」

「あっ……お、お願いします」

「任せてくれ」

俺はリズを正直に褒めたことが恥ずかしくて、逃げるように部屋から出た。

従業員からシャンプーをもらい、部屋に戻る。そしてリズにシャンプーを手渡した。

「どうぞ」

「あ、ありがとうございました」

だが先程の出来事が頭に思い浮かび、リズをまっすぐに見ることができない。

リズもどこか態度がよそよそしい感じだ。

その後三十分程経ち、リズとノアが風呂から出てきた。

「お、俺も風呂に入ってくるよ。明日は朝早いから早く寝た方がいいよ」

「わかりました」

俺は逃げるように風呂場へと行き、シャワーを浴びる。いつもなら熱いお湯で洗うところだが、今日は少し身体が火照《ほて》っていたこともあり、冷たいシャワーを浴びる。

部屋に戻ると既にリズはノアと共に寝ていた。

よかった。さすがにちょっと気まずかったからな。一晩経てば少しは気恥ずかしさもなくなるだろう。それに明日は朝から忙しい。

本来ならまだ寝る時間ではないが、明日は朝早くからやらなければならないことがあるので、俺もベッドで横になった。


そして朝がやってきた。

しかし朝と言っても周囲は暗く、未明くらいの時間だった。

何故俺達がこのような時間に起きているかというと、それはもちろん国境を越えるためだ。

国境付近には高い壁があり、関所を通らないとムーンガーデン王国には行けない。いや、厳密には森を通って大きく迂回すれば、ムーンガーデン王国に行くことは可能だ。だがリズの話では、森には魔物が多くいるらしい。なおかつ今の俺達はいち早くムーンガーデン王国に向かいたいので、最短で関所を越える方法を採ることに決めた。

そのため、人が少ないこの時間を狙って関所に向かっているのだ。

「う〜ん……もうお腹いっぱいです〜……これ以上食べられませんよ〜」

「骨付き肉がたくさん……ここは天国ですか……」

マシロとノアは朝早く起きることができなかったので、俺とリズが抱っこして運んでいた。

どうやら二人とも幸せな夢を見ているようだ。

「可愛いですね」

「でも二人とも食べ物の夢ってなんだかなあ」

「そこが可愛くないですか」

リズは昨日あったことを忘れているかのように話している。そのおかげか、俺も普通に話すことができた。

「まあマシロは寝ている時は可愛いけど、起きていると辛辣《しんらつ》な言葉を浴びせて来るからなあ」

「そうですね……それにしても、私は本当に恵まれています。もしユート様に出会わなかったら、一人で落ち込んでいたし、ムーンガーデン王国に帰ることもできなかったと思います」

国を追われたのに恵まれているというセリフが出てくるなんてすごいな。このメンタルの強さは王族だからなのか？　それとも本人の生まれもった資質なのかもしれない。

「まだムーンガーデン王国に着いたわけじゃないから、油断は禁物だ。そろそろ外套《がいとう》で顔を隠そ

「うか」

「わかりました」

国境を越えればリズの顔を知る人も多くなるため、リズの存在は隠した方がいいだろう。なるべくなら余計な手間は増やしたくない。

「わかりました」

「関所が見えてきたぞ」

サルトリアの東に向かっていると、高い壁が見えてきた。

どうやらあれがムーンガーデン王国とバルトフェル帝国を分ける壁のようだ。

壁の高さは七、八メートルくらいはあるな。

まだ周囲は薄暗いため、関所を守る兵士の姿は見えない。

だがこちら側……帝国側にいないだけで、ムーンガーデン王国側にはいるかもしれない。

俺は兵士の存在を完璧に把握するため、気持ちよさそうに寝ているマシロとノアを起こす。

「マシロ、ノア起きてくれ」

「う～ん……なんですか。今ユートを私の前に跪《ひざまず》かせて足の裏を舐めさせせているところなんです」

「なおさら起きてくれ」

マシロはなんて夢を見ているんだ。夢の中の俺に同情してしまうぞ。

「はっ！　ここは……す、すみません！　僕朝起きられなくて……」

「いつもと寝る時間も起きる時間も違ったから仕方ないさ。それより周囲に、特に壁の向こうに人がいないか確認してくれないか？」

「わ、わかりました」

「仕方ないですね」

マシロとノアは目を閉じて周囲の様子を確認し始める。

「風は人の気配はないと言っています。人がいるのはあの建物の中だけですね」

「僕もマシロさんと同じ答えです」

「二人ともありがとう。これなら簡単に国境を越えられそうだな」

「えっ？　そういえばどのようにして国境を越えるか伺っていませんでした」

確かにリズには何も言ってなかったな。

強引に関所を突破することもできるけど、さっきも言ったようにリズの存在はなるべく隠しておきたい。それならこうするしかないだろう。

「仕方ないですね。私が見本を見せてあげましょう」

マシロは自信満々の表情で国境を分ける壁から距離を取る。

そして勢いをつけて猛スピードで走ると、空高く跳び上がった。

「にゃっ！」

だがジャンプ力が足りなかったのか、僅かに壁のてっぺんを越えることができず、焦った声を出していた。

しかしさすがは猫と言うべきか、壁に爪を立ててしがみついている。そしてそのまま登り始め、頂上にたどり着いた。

「ど、どうですか？　私の華麗なジャンプは」

全然華麗じゃなかったけどな。

けれどマシロは壁を越えることに成功した。

「では次は僕が」

ノアもマシロのように勢いをつけて跳び上がる。

そしてマシロとは違って、ノアは見事に壁を越えて向こう側へと降り立った。

「それじゃあ俺達も行こうか」

俺はリズに呼びかける。だがリズは時が止まったかのように動かなくなってしまった。

「リズ？」

もう一度呼びかけると、ようやくリズは動き出したが、何故かこちらに詰めよってきた。

「むむ、無理ですよ！　普通の人にはあのような七、八メートルもある壁を越えることはできません！」

リズが今まで見た中で一番といえる程、狼狽《うろた》えている。

「大丈夫だよ。リズも越えられるよ」

「絶対に無理です。もし越えることができたら、ユート様の願いをなんでも聞いて差し上げます」

なんでも！

そう言われると男として燃えてくるものがある。

「わかった。ちょっと失礼するよ」

「きゃっ！」

俺はリズの脇と膝裏に手を添えて、お姫様抱っこで持ち上げる。

するとリズが可愛らしい声を出した。

「ユ、ユート様……いったい何をなさるつもりですか」

「そのまま俺にしっかり掴まってて」

「わ、わかりました」

俺は体内の魔力を左手に集め魔法を唱える。

「神聖身体強化魔法《セイクリッドブースト》」

すると俺の力が強化されるのを感じた。

「それじゃあ行くよ」

「えっ？　どちらに行かれるのですか？」

「もちろん壁の向こうに」

俺はリズを抱き上げたまま、助走をつける。

そして足に力を入れて、一気に跳び上がった。

「ひゃう」

ジャンプしたことで驚いたのか、リズは悲鳴のような声をもらす。そして振り落とされないように俺に強く抱きついてきた。

同年代の女の子に抱きつかれると、なんだかドキドキしてしまうな。

だけど今は壁を無事に跳び越えることに集中しないと。

俺の腕の中にはリズがいるため、さっきのマシロのようにギリギリ飛び越えるようではダメだ。

空中で上手く姿勢を取りながら壁の頂上を越えていく。

かなり余裕を持ってジャンプしたせいか、壁を楽々と越えることができた。

そしてムーンガーデン王国側に自由落下で落ちていく。

「こ、怖いです……ユート様……」

リズは重力に恐怖したのか目を閉じて、さらに強く抱きついてきた。

「絶対に離さないから」

リズを安心させるために、優しく声をかける。

そしてなるべく衝撃を与えないように着地する。

俺達は兵士に見つからず、ムーンガーデン王国に入ることに成功した。

「もう大丈夫だよ」

まだ目を閉じて俺に抱きついているリズに声をかける。

「は、はい……ですが申しわけありませんが、もう少しこのままでもよろしいですか？」

「それはいいけど」

「怖くてすぐに立てそうにないです」

「ご、ごめん」

「壁を跳び越えるなら初めから教えてほしかったです」

確かにそうだ。突然空高く跳び上がり、急に落下したら怖いのは当たり前だ。リズへの配慮が足りなかったことを猛省する。

「それなら罰としてそのまま運んでもらったらどうですか？」

「そうですね。ここにいたら見つかってしまうかもしれません」

「マシロとノアの言うとおり、もしリズがそれでよければ」

本当なら地面に降ろして、ここでリズの状態がよくなるのを待ちたいところだが、ノアの指摘どおりいつ兵士達が来るかわからない。でもリズが嫌なら他の方法を……

「ではそのようにお願いします」

しかし俺の心配は杞憂《きゆう》に終わった。リズは笑みを浮かべて了承してくれたのだ。

「私、お姫様抱っこに憧れていて……それにユート様にしていただけるのならとても嬉しいです」

「そうなの」

「これも女神様のお導きですね」

本当に嬉しそうだ。お姫様抱っこに憧れるなんてリズも普通の女の子なんだな。

「ほら、行きますよ」

「早くここから離れましょう」

俺はマシロとノアの後に続いてムーンガーデン王国の王城がある、ローレリアへと向かう。

そして国境を越えてから三十分程経った頃。

リズの体調がよくなったので、地面に降ろすことにした。

「申しわけありません。その……重かったですね」

「いや、むしろ軽すぎて心配したくらいだ。リズはもっと食べた方がいい」

昨日裸を見てしまったのである程度予想はしていたが、リズは想像以上に軽かった。そして、初めて会った時のことを考えると、旅の最中のリズは食事の量が少なかった。

始めは両親や国民のことが心配で食欲がないのかと思ったけど、食事が終わった後にお腹を押さえたり、まだ残っている食べ物をチラチラと見たりしている時があったので、おそらく我慢していたのだろう。

リズには腹ペコハンターという称号があったし、何に遠慮をしているのかわからないけど、本当は食べるのが大好きだと思う。

そのため、ちょうどいい機会なので、もっと食べた方がいいと口にしてみたのだ。

「そ、そうですか。わかりました。もう少し頑張って食べます」

食料がない時は困るけど、そうじゃないならお腹一杯食べてほしい。もちろんリズの食への欲求を満たしてほしいということもあるが、今は何が起きるかわからない状態だ。いざという時にお腹が空いて力が出ないのも困るからな。

そして二時間程歩き、朝日が大地を照らし始めた頃。俺達は朝食を食べることにした。

今日の朝御飯のメニューは、肉野菜炒めとスープだ。

いつもは三人前しか作らないのだが、リズのことを考えて今日は五人前用意してみた。

万が一リズが食べなかったとしても、異空間に保存しておけばいいだけだからな。

「ユート様、ふと疑問に思ったことを聞いてもよろしいでしょうか？」

「ん？　何？」

「食料品を持っていなかったように見えましたけど、これはどこから調達したのでしょうか？」

「ああ……そういえばリズには言ってなかったね。俺はここことは違う空間……え～と異空間に物を置いて運ぶことができるんだ」

「異空間ですか？　それはどういうことでしょうか？」

いきなり異空間なんて言ってもわからないよな。ここは実際に見せた方が早いな。

「こんな感じだよ」

俺は異空間から以前買った大量の魚や肉、野菜を取り出してリズに見せる。

「こ、このようなことが……さすがユート様。女神様が選ばれたお方です」

リズは地面に膝をつき、頭を下げてきた。

そして何故かマシロが俺の横で、偉そうに胸を張っている。

「ふふ……ようやく私のすごさがわかったようですね。もっと敬いなさい。そして新鮮な魚を献上しなさい」

「いや、マシロは関係ないよな」

俺は思わずツッコミを入れてしまうが、マシロはどこ吹く風で、悦に入っているようだ。

「だから食べ物に関しては心配しないで大丈夫だよ」

「ほ、本当ですか！」

突然リズがこちらに詰めよってきた。

「あっ、その……申しわけありません」

そしてすぐに自分の行動が恥ずかしかったのか、顔を赤くして謝罪してきた。

「私……他の方達より少しだけ多く食べるので、あまり食べすぎるとご迷惑になると思って我慢していました」

「そうなんだ。だけどさっきも見せたように食料はたくさんあるから我慢しなくていいよ」

「はい！」

「それじゃあ食べようか」

朝食は俺用に一人前、マシロとノア合わせて一人前、リズに一人前、そして余りの二人前がある。

余りの分は円になって座る俺達の中央に置いた。

「「「「いただきます」」」」

俺は目の前の料理に手をつける。

うん、うまい。我ながらおいしくできたと思う。

マシロとノアは手を止めることなく食べているから、それなりに満足してくれているはずだ。

そしてリズがどれくらい食べるか気になって、つい視線を向けてしまう。しかし今のところ、美しい所作で食べているだけで大食いには見えない。

だが俺はこの時、リズの食欲を見誤っていた。

何故ならリズの皿の中は既に空だったからだ。

「あの……おかわりをしても大丈夫でしょうか？」

リズは控え目に皿を出し、語りかけて来る。

少しだけ多く他の人より食べるとリズは言っていたが、もしかしてこれは少しでは済まないかもしれない。

でも食べ物に関しては心配しなくて大丈夫と口にしたんだ。その責任を取ってリズにはお腹一杯食べてもらおう。

それに作った物をおいしく食べてもらえるのは、俺も嬉しいからな。

「大丈夫だよ。足りなかったらまた作るから言ってほしい」

「わかりました。それではその……よろしくお願いいたします」

この後、俺はさらに二人前の朝食を作ったが、リズはペロリと平らげてしまった。

俺は予想以上のリズの食欲に驚きを隠せなかった。

どうやら腹ペコハンターの称号は伊達《だて》じゃないらしい。

朝食を食べ終えた俺達は、再びローレリアへと向かう。

そしてその道中、一つの村が見えてきた。

外套で顔を隠しているとはいえ、もしリズの正体がバレたら面倒なことになるので、どこにも寄らず素通りする予定だった。

しかしその予定を狂わす事態が起きてしまう。

「やめてください！」

突如大きな声が聞こえてきたため、俺達は足を止める。

「何かあったのでしょうか？」

「人が集まっている。行ってみよう」

何が起きたのか気になって、騒ぎが起きている場所へと向かう。

だけどその前に。

「リズは絶対に手は出さないでくれ。正体がバレたら大変なことになるからな」

「わかりました」

俺は改めてリズに忠告する。

本当はこの騒ぎの中心にリズを連れていきたくはない。だけど出会った時、王国に住む人達が安心して暮らしているか知りたいとリズは言っていた。ここは無視することはできないだろう。

俺達は人垣をかき分け進んでいく。

するとそこには地面に倒れた少女がおり、その側には身なりのいい太った男と数人の兵士の姿が見えた。

「ニナ、金は用意できたのか？　税金を納めない者はこの村から……いや、この国から出ていってもらわないとな」

「税金？　毎月銀貨五枚の税金なんて払えるわけないでしょ！」

「それがこの国の新しい法律だ。そしてこの僕、アホード様がカザフ村の管理を任されている。金を払えないなら別のもので払ってもらうしかないな。ひっひっひ……」

アホードという奴が薄気味悪い笑みを浮かべて、舐めるような視線でニナという少女を見ている。

毎月銀貨五枚の税金だと？　そんなもの一般の家庭が払えるものではない。

新しい国王はいったい何を考えているんだ。

「何故このような国になってしまったんだ」

「前の国王様は俺達のことを第一に考えてくれた。むしろ不作の時は税を優遇してくれたのに」

周囲から悲痛な声が聞こえてくる。

この言葉をリズはどんな気持ちで聞いているのだろうか。

今は外套で顔が見えないため、何を考えているのかわからない。

まだ目の前の現状しか把握していないが、これがこの国全土で行われているとしたら、とんでもないことだぞ。

「お前の両親もバカだよな。前国王の味方についたがために殺されたんだ」

「お父さんとお母さんはバカじゃない！」

「現実を見たらどうだ？　新国王のリスティヒ様についた僕は貴族になり、前国王についたお前の両親は殺されたんだ。どちらが賢い選択をしたか一目瞭然だろう」

「くっ！」

ニナはアホードを親の仇のように睨み付ける。

「だけど優しい僕がお前にチャンスをやろう……僕の女になれ！　そうすればこれから貴族として愚民どもを支配する側になれるぞ」

「お断りです！」

「なんだと！」

ニナは考えるそぶりもせず、即答でアホードの提案を拒否した。

「これが最後のチャンスだ。お前のことは前から気に入っていたんだ。もう一度言う……僕の女になれ！」

「しつこい！　誰があなたなんかと。あなたと添い遂げるくらいなら死んだ方がマシです！」

「バカな女だ。それなら死んだ方がマシだと思うような苦痛を与えてやるよ！　ひぃっひっひ！」

アホードは狂気染みた笑みを浮かべ、兵士からムチを受け取った。

そして地面をムチで叩きながら、ゆっくりとニナに近づく。

「や、やめて！」

「どうした？　さっきの強気な態度は。泣いて土下座をすれば許してやってもいいぞ」

「だ、誰が謝るものですか！」

口では威勢のいいことを言っているが、ニナがアホードに恐怖を感じているのは誰の目から見ても明らかだ。

このままではあの柔肌が、ムチによって切り裂かれるのは時間の問題だろう。

「や、やめろ！」

「横暴だぞ！」

「ニナちゃんに手を出したら許さないぞ」

この状況を見かねてか、周囲の村人達が声を上げた。

「なんだ貴様ら。ニナを助けたいのか？　だがこの村の者が一人でもニナを助けたら、連帯責任として来月の税は倍とする。それでもいいなら僕を止めるがいい」

税が倍……その言葉を聞いて、誰も口を開くことができなくなってしまった。

「ふん！　覚悟がないなら初めから吠えるな。そこでニナが傷つくところを見ているがいい」

村人達は悔しそうな顔をするが、ペナルティーが嫌なのか誰も動くことができない。

「そうだ。どうせ僕の物にならないなら、ムチで服を切り裂いて辱《はずかし》めてやろう。お前を助けてくれなかった村人達の前で、醜態を晒《さら》すといい」

「や、やめて……お願い」

アホードのムチがニナに迫る。

ニナは目を閉じて、ムチから逃れることはできないと諦めていた。

そして周囲の者達もどうすることもできず、ただ見ているだけ。

しかし――

「貴様ら、なんのつもりだ！」

俺はアホードの鋭いムチの一撃を右手で掴む。

よかった。なんとか二人を守ることができた。

リズはアホードのムチが放たれた瞬間に飛び出し、ニナを守るように抱きしめていた。

無茶をする。もし俺がムチを止めなかったらリズの身体が打たれていたぞ。

「村の人が助けるのはダメって言ってたから、代わりに旅人である俺達が動いただけだ」

「こんなことをしてただで済むと思うなよ」

「国の権力がないと何もできない奴が偉そうに語るな」

「なんだと！　まずは貴様から片付けてやる」

俺はこういう弱い人をいたぶる奴が嫌いだ。自分もやられる立場だということをわからせてやる。

俺は右手に持ったムチをこちら側に強く引っ張った。

「うわあっ！」

するとムチを掴んでいたアホードは、間抜けな声を上げながらこちら側に引っ張られた。

「少しはやられる側の気持ちも理解するんだな」

「やめっ！」

俺は左手の拳を握る。そしてこちらに寄ってきたアホードの顔面に向かって拳を放った。

「ぶべら！」

拳がアホードの顔面に見事突き刺さる。

するとアホードは後方へと吹き飛び、ボロ雑巾のように地面を転がっていった。

「「「アホード様！」」」

兵士達がアホードに駆け寄り、こちらに敵意を向けてくる。

これでも手加減してやったんだ。死ぬことはないだろう。さすがに殺して指名手配されるのはごめんだからな。

「き、貴様！　この僕に手をあげるなんて万死に値するぞ！　お前達やってしまえ！」

「「「はっ！」」」

鼻血を出して醜い顔をしているアホードが、兵士達に命令を下す。

この人達は自分の意思でアホードに従っているのか、それとも仕方なく従っているのかわからないな。

ここはなるべく手荒な真似はしないでおこう。

「命令に従い、捕縛させていただきます」

三人の兵士がこちらに迫ってくる。

兵士の一人が手に持ったショートソードをこちらに振り下ろしてきた。

しかし新米兵士なのか、剣にスピードがない。

今の俺なら目を閉じていてもかわせるスピードだ。

いや、もしかしたら手加減して攻撃しているのかもしれない。

なるほど。この人達は嫌々アホードに従っているということか。

それならば、予定どおりなるべく怪我をさせない方向でここを突破させてもらおう。

俺は迫ってくる剣に対して下がるのではなく、距離を詰める。

そしてすれ違い様に兵士達の顎《あご》に向かって拳を放った。

「ぐっ！」

すると兵士達は短い呻き声を上げて、その場に崩れ落ちていく。

「ば、バカな！　兵士達が一瞬でやられた……だと……いったい何が……」

アホードは目の前の現実が信じられないのか、驚きの表情を浮かべていた。

俺は兵士達の顎に拳を当てて脳を揺さぶり、脳震盪《のうしんとう》を起こしたのだ。

これならそこまでダメージもなく、兵士達を倒すことができる。

「さて、次はお前の番だ」

俺は倒れているアホードを見下ろしながら距離を詰めていく。

ついでに、二度とバカなことをしないように脅しとして威圧する。

「ひぃぃぃぃっ！」

アホードは涙と鼻血を流しながら後退る。

これで改心してくれればいいが……

しかし、アホードはとんでもないことを口にした。

「高貴な僕を傷つけるなんて……お前は王国に弓を引いたんだぞ！　国王陛下に頼んでここにいる奴らは皆殺しにしてやる！」

「なっ！」

こいつは改心するどころか、さらに下衆《げす》なことを口にした。

こうなったらここで始末するしかないか。

だけどここで殺してしまったら、この村は処罰を受けるかもしれないし、兵士達が責任を取らされる可能性がある。

だからと言ってこのまま放置したら、村が滅ぼされてしまう。

どうする？

どちらがベストか考えたら、答えは一つしかなかった。

たとえ今回の件を切り抜けたとしても、この男はまた同じようなことをするに違いない。

ここで始末した方がこの国のためだ。

俺は腰に差した剣に手を伸ばす。

だがその手が剣に届くことはなかった。

何故なら俺の背後にいたリズが思わぬ行動に出たからだ。

「やめてください！　これ以上の狼藉《ろうぜき》は私が許しません！」

なんとリズは外套を脱ぎ捨て、その姿を晒したのだ。

「許さないだと？　お前のような女にそんな権限があるのか？」

「あります」

「ど、どういうことだ？」

リズは間髪いれず答える。アホードはその自信満々の姿におののき、声が若干震えていた。

「私は……私はリズリット・フォン・ムーンガーデンです！」

そしてリズは自らその正体を宣言してしまう。

「リ、リズリット王女だと……バカな！　こ、このような場所にいるわけがない」

アホードの言いたいこともわかる。追われているリズリット王女が自分から姿を見せるなんて信じられないことだ。

「俺は一度王都で見たことがある」

「あのお方はリズリット王女で間違いない」

「うそ……本当にリズリット様ですか……」

どうやら村人達の中にリズを知っている人がいたようだ。ニナさんも信じられないといった表情でリズを見ていた。

これでアホードにもリズが本物の王女だと認識できただろう。

「くっくっく……僕はなんて運がいいんだ。もうこんな村などどうでもいい」

アホードは不気味な笑い声を発しながら立ち上がる。

その顔には先程見せた恐れは見られなかった。

「リズリット王女を捕まえれば僕は上級貴族になれる。そうすれば権力も今まで以上に使いたい放題だ！」

なるほど。

何故リズが姿を晒したのか意味がわかった。

村への恨みを全て自分が引き受けるためだったんだ。

そして予測したとおりにアホードは村への関心をなくし、リズに執着していた。

確かにリズを捕らえることができれば、新国王から褒賞がもらえるのは間違いないだろう。それに比べれば自分の怒りは二の次というわけか。

しかしアホードは大事なことを理解していない。

「お前ごときがリズに近づけると思うなよ。リズには指一本触れさせやしない」

「ユート様……」

俺はリズを守るように、アホードの前に立つ。

余程の実力者かバカでなければ、兵士三人を一瞬で倒した俺に向かってくることはないはずだ。

だがアホードは地面に落ちていた兵士の剣を拾う。

どうやら自分の命よりリズを捕らえた後の地位の方が大切らしい。

「僕の輝かしい未来のために死ねぇぇっ！」

アホードは俺の頭を狙って剣を振り下ろす。

実は見た目とは違って剣の達人……ということは一切なく、先程の兵士達より遅い攻撃が迫ってくる。

この程度の技量でよく立ち向かってきたものだ。欲が時に人を惑わすというのは本当のようだな。

俺はアホードの剣が当たる前に、その顔面に向かって蹴りを放つ。

「ぶひぃっ！」

するとアホードはまともに蹴りをくらい、醜い声を上げながら後方へと吹き飛んだ。

そしてアホードは気絶したのか、ピクリとも動かなくなった。

しかしこの男にはリズの正体を知られてしまった。

それならこのまま仕留めた方がいいかもしれない。

だがこの時、突然マシロが俺の肩に乗ってきた。

「大勢の人間がこちらに向かっています」

そして俺にだけ聞こえるように、小声で呟いてきた。

大勢の人間？　このような村にいったい誰が……

その答えを、俺はすぐに理解することになる。

「まさかこのような辺鄙《へんぴ》な村にいたとはな……」

突然馬に乗った謎の集団が現れた。

いや、謎でもなんでもないな。一人を除いてそこで倒れている者達……兵士達と同じ姿をしているので何者かはすぐにわかった。ざっと見て二十人弱くらいはいそうだ。

それにしても今喋りかけてきた兵士の格好をしていない奴だが、質のいい布が使われた服を着ていて、明らかに異質な感じがする。

とにかくこれ以上人を呼ばれても面倒だ。早々に退散すべきだな。

「リズ、逃げるぞ。その子も連れていこう」

俺は小声でリズに伝える。

この場にニナを置いていくと、アホードが目を覚ました時にひどい目にあうのは間違いないだろう。両親も既にいないようだから、連れていってもたぶん問題ないはず。まあもし本人が俺達についていきたくないと言ったら、その時に別れればいいだけだ。

「私は神など信じないが、今日この日だけは信じてもいいと思ったぞ」

「なんですかあの男は。とても無礼ですね。女神様の天罰が下りますよ」

耳元でマシロが不敬であるとささやく。

女神様を敬愛する聖獣としては、聞き逃せない言葉なのだろう。

「さあこちらに来てもらおうか。そして私の妻となるがいい！」

妻……だと……こいつはリズを狙っているのか。リズの可愛らしさならわからないでもないが、前国王の娘を嫁にしようなどと、ただの貴族にできるはずがない。

まさかこいつの正体は……

「グラザム……あなた……」

ん？　いつもポワポワしているリズから殺気に近い気配を感じる。

それだけこの人物を憎んでいるということなのか。

「お前が私の妻になれば、父上の政権はより強固なものとなる。そして残党として国を脅かしている者共も、我が軍門に降るだろう」

やはりそうだ。この男は現国王の息子といったところか。それならばリズがこの男、グラザムを憎むのは当然のことだ。

「誰があなたの妻になどなるものですか！　それよりこの状況を説明してください！　何故、毎月銀貨五枚の税を課したのですか？　国民が苦しんでいることがわからないとは言わせませんよ」

「国民が苦しむ？　ふっ……相変わらず甘い考えだな。平民など苦しめばいい。そもそも平民は我ら一部の特権階級のために存在しているのだ。我らのために生き、我らのために死ぬのが運命だ。何故それがリズリットにはわからない」

「そのようなことわかりたくもないです！　誰しもが自分や家族を幸せにするために生きているのです。決して王族や貴族のためではありません」

リズとグラザムの思想は誰が聞いても正反対のものであって、相容れることはないだろう。

このままここで問答していると、さらに兵士達が集まってくるかもしれない。

これ以上ここにいればリスクが上がるだけだ。

「リズ、気持ちはわかるけど逃げるぞ。今するべきことを見誤るな」

リズは国民の現状の確認と両親に会うことが目的だと言っていた。もう国民の状況がどうなっているかはわかっただろう。あとは両親の安否を確認するために、俺達はローレリアに向かわなければならないはずだ。

正直な話、このまま戦えばグラザムを捕らえることはできるだろう。

だが今は状況が悪い。周囲には多くの村人がおり、人質にでもされたら、きっと優しいリズは抵抗することができなくなってしまう。

だから今は逃げることしかできない。

「わ、わかりました……ユート様に従います」

リズにとって国を乗っ取った側のグラザムから逃げるのは、苦渋の決断であったことが声でわかる。

「逃がすものか！　お前達、リズリット王女を捕らえよ！　他の者はどうなってもかまわん」

「「「はっ！」」」

グラザムの命令で兵士達が一糸乱れぬ動きでこちらへと向かってくる。

さすがにリズやニナを守りながら戦うのはきついが、やるしかないか。

俺は剣を抜き、二人を守るように兵士と対峙する。

「かかれ！」

そして兵士達は、グラザムの号令で一斉にこちらへと襲いかかってくる……はずだった。

「氷拘束魔法《アイスバインド》」

だが突然どこからか声が聞こえると地面が凍りつき、グラザムと兵士達はその場で動きを止める。

「な、なんだこれは！　動けん！」

地面から現れた無数の氷の手が、グラザムや兵士、村人達を掴み拘束し、周囲は混乱していた。

「ありがとうノア」

俺はこの状況を作り出したノアに向けて、感謝の気持ちを口にする。

すると建物の陰から現れたノアがこちらに向かってきて、リズの肩の上に乗った。

「ここから脱出するぞ。神聖身体強化魔法《セイクリッドブースト》」

俺は自分とリズに対して強化魔法をかける。

すると自分の力やスピードが格段に上がったことがわかった。

「こ、これがユート様の魔法……力が溢れてきます」

「このまま走って逃げるぞ。ニナさん……君も俺達についてきてくれ」

「わ、わかりました。あなた方に従います」

よかった。とりあえずニナさんは俺達と来てくれるようだ。

「でも私、そこまで運動が得意じゃないから」

「大丈夫。それは俺が抱きかかえて……」

「ダメです」

俺は国境の壁を越えた時のように、お姫様抱っこで運んでいこうかと思ったけどリズに却下されてしまった。

「あっ！　いえ、出すぎたことを言ってしまいました。申しわけありません」

リズは咄嗟に自分の口から出た言葉に混乱しているようだ。深く理由は聞かないでおこう。

「え～と……わかった。それじゃあニナさん、背中に乗ってもらってもいいかな」

「わかりました」

前屈みになるとニナさんが俺の背中に乗り、肩に手を置いてきた。

リズの時も思ったけど、女の子ってなんでこんなに軽いんだ？　男の俺にとっては永遠の謎だな。

「しっかり掴まっててくれ」

「はい」

俺達はこの場から離脱するため、ローレリアがある東へと駆ける。

グラザム達はまだ氷の手に捕らえられているため、追ってこられないでいた。

どうやら逃げ切ることができそうだな。

「リズリット！　どこへ逃げようが必ず私のものにして見せるぞ！」

グラザムが何か吠えているが、俺達は無視してそのまま突き進む。

だがこの後グラザムは、リズにとっては無視できない言葉を吐いた。

「貴様の両親がどうなったか知りたくないか？　知りたいならローレリアに来るがいい！」

「お父様、お母様……」

リズの走るスピードが遅くなる。もしかしてグラザムを問《と》い質《ただ》すつもりなのか。

「リズ、気持ちはわかるけど今はダメだ」

「……わかりました」

再びリズの走るスピードが速くなる。本当は今すぐに両親の安否を聞きたかっただろう。だがリズはその気持ちを押し殺して逃げることを選択してくれた。

「生きている限り、必ず俺が助けてみせるから」

「はい……お願いします」

そして俺達はグラザム達から逃れるため東へと向かう。その際に、走るリズの目から光るものが流れていることに、俺は気づいてしまった。

三十分程走った後、俺達は追っ手が来ていないか確認するため、街道沿いにあった森に隠れて周囲の様子を確認することにした。

「ニナさん、降ろすよ」

「は、はい……」

俺は前屈みになり、背負っていたニナさんを地面に降ろした。

するとニナさんは地面に座り込んでしまった。

「ふう……こ、怖かったあ」

「ご、ごめん。もう少し優しく運べばよかったかな」

「ううん。そういうことじゃなくてスピードが速くて……別にえ～とユートさんを責めているんじゃないよ。助けてもらったのはこっちの方だし」

「そういえば自己紹介をしてなかったね。俺はユート、こっちはマシロとノア、そして……」

「リズリット様ですね」

「はい……」

リズが沈んだ表情をしている。もしかしてニナさんの両親のことを考えているのか？

「私達王家の者が不甲斐ないばかりに、ニナさんの御両親が……」

「いえ、父も母も悔いはなかったと思います。二人ともムーンガーデン王国のことが大好きだったから……」

「それでも……これは私達のせいです。本当に申しわけありません」

なんともいえない空気が流れる。

リズは自分達のせいだと責任を感じているし、ニナさんも王女のリズに頭を下げられて困っているように見えた。

「ごめんなさい。私、すこし席を外しますね」

ニナさんが俺達に背中を向け、森の奥へと足を進める。

「いや、一人は危ないから俺も行くよ。追っ手が来ないとも限らないし」

俺はニナさんのもとへと向かう。

「その……来られるとちょっと困るかも。お花を摘みに行きたくて……」

ニナさんは顔を赤らめて俺から視線を外す。

「お花を摘みに？　あ、ああ……そういうことね」

「覗かないでくださいよ」

「覗きません」

ニナさんは用を足すため、森の奥へと消えていった。

そして俺が皆の所に戻ると、マシロから冷たい視線が向けられた。

「最低です。デリカシーがないし女心がわかっていないですね」

「返す言葉もございません」

「それとリズ」

「えっ？」

突然マシロに名前を呼ばれたリズは、驚いた顔をする。

「あなたはいつまで暗い顔をしているのですか？」

「申しわけありません」

「あなたにはやるべきことがあるんでしょ？　どうしても暗い顔をしたいなら全てが終わった後、一人でしていなさい。もしニナに悪いという気持ちがあるなら、その分あなたがニナのために何かしてあげたらどうですか？」

「マシロちゃん……」

「今は行動する時です。あなたの両親も生きているかもしれないのでしょ？」

マシロって普段は身勝手な言動をするけど、たまに正論を言ってくるんだよな。

その言葉がリズの心に響いたのか、段々とリズの表情が変わっていく。

「そうですね……マシロちゃんの言うとおりですね。ありがとうございます」

「ふん……別にあなたのために言ったわけじゃないです。王国が混乱していると、新鮮な魚が手に入りづらくなってしまいますから」

ツンデレだな。

ここにいる誰もが、リズのためにマシロが言ったことはわかっている。本当に素直じゃない猫だ。

「お話し中のところすみません」

「どうしたノア」

「誰かがこちらに向かってきます」

ノアが何かの気配を察知したのか、西側の方に視線を向ける。

「追っ手かもしれないな。リズ、ニナさんを迎えに行ってくれ。マシロも頼む」

「わかりました」

「仕方ないですね」

二人はニナさんを迎えに行くため、森の奥へと進む。

そして二分程経った頃。ニナさんを連れてリズとマシロが戻ってきた。

「戻りました」

「誰かが追ってきたかもしれないんだ。ニナさんはそこの茂みに隠れてて」

「わ、わかりました」

向かってきている者の姿はまだ見えない。グラザムはリズへの執着心が強そうだったから、追ってきていても不思議ではない。

「そろそろ馬に乗った人がここに来ますよ」

「それは何人くらいいるかわかるか？」

「一人ですね。他には誰もいません」

「一人？」

それは不用心すぎるだろ。もしグラザムだったら返り討ちに遭うとは考えないのか？　それかもしかしたら全然関係ない人かもしれないな。

ともかくここに隠れていれば見つかることはないだろう。

俺達は木や茂みに隠れながら、こちらに迫ってくる者に視線を向ける。

すると一頭の馬に乗った男が、俺達の視界に入った。

「ん？　あれは兵士じゃないな」

グラザムでもない。マントを着けていて、どちらかというと冒険者のような出で立ちだった。

「えっ？　あの方は」

リズが突然声を上げる。もしかして知り合いなのか？

「ユート様、あの方はムーンガーデン王国の騎士団長をしていたレッケさんです」

「味方なのか？」

王家を乗っ取られているから軍も乗っ取られている可能性が高い。

敵ならこのままやりすごした方がいい。

「お父様と共にリスティヒ公爵と戦ってくださったと聞いています」

「リズの味方……と考えてもいいのか？」

「はい」

「それなら話しかけた方がよさそうだな」

リズは茂みから飛び出す。そして馬に乗った男に向かって声を上げた。

「レッケ騎士団長！」

「ん？　あれは……リズリット様！」

レッケさんはリズの姿を認めると、急いで駆け寄ってきた。

俺は念のためリズの側に行き、何が起きても大丈夫なように警戒する。

レッケさんは味方だと思いたいけど、万が一敵だった場合洒落《しゃれ》にならないからな。

「リズリット王女……よくぞ……よくぞご無事で……」

レッケさんは馬から下りて、リズの前に跪いた。その目には光るものが見える。

「お父様とお母様が城にある隠し通路を使って私を逃がしてくださいました。そしてこちらにいらっしゃるユート様のお力によって、ここまで来ることができたのです」

「おお！　そうですか！　私は騎士団長をしていたレッケだ。リズリット王女を守ってくれてありがとう！」

「い、いえ」

レッケさんは勢いよく近づいてきて俺の両手を握り、その後抱きしめてきた。

ここまでリズを心配しているということは、味方と考えてもいいのかな？

「なるほど……よく鍛えられている。若すぎるため少し疑ってしまったが、リズリット王女を守ったというのも強ち嘘《あながち》ではなさそうだ」

この人、抜け目ないな。

感激した振りをして抱きつき、俺の身体の状態を調べていたとは。

「レッケ騎士団長は何故こちらにいらっしゃったのですか？」

「カザフ村でリズリット王女を見たというお話があったので、急ぎ駆けつけた次第でございます」

あの場でリズが姿を見せたのは無駄ではなかったということか。だけどそれにしても対応が早すぎる。村人の中にレッケ騎士団長の手の者がいたと考えるべきか。

「レッケ騎士団長にお聞きしたいことがあります」

「はっ！　どのようなことでしょうか」

「お父様とお母様がご無事かどうかわかりますか？」

グラザムの言葉から、おそらくリズの両親は生きていると思うが、レッケさんの表情が暗い。なんだか嫌な予感がするな。

「……国王陛下と王妃様の行方は現在わかっておりません」

「それは既に命を奪われているということですか」

「いえ、お二人はどこかに捕らえられているようです。しかしその場所はわかっておりません。ローレリアから出ている馬車は全てマークしているので、王都にいらっしゃるのは間違いないと思いますが」

「そうですか……」

最悪の事態にはなっていないが、予断を許さない状況といったところか。

「ですが我らはリズリット王女という希望の光を見つけることができました。必ずお二人も救い出すことができるはずです」

「レッケ騎士団長、我らとはどういうことでしょうか？」

「今我々はリスティヒの政権を打倒するため、レジスタンスを形成しております。是非リズリット様にも参加していただきたく思います」

「ユート様、よろしいでしょうか？」

「リズの思うがままに」

これは俺が決めることではない。ムーンガーデン王国の王女であるリズリットが決めることだ。

「わかりました。リスティヒを打倒し、お父様とお母様を救出するために皆様のお力を貸してください」

リズの言葉を聞き、レッケさんは跪いた。

「はっ！　我が剣はリズリット王女のために！」

こうして俺達はレッケさん達が作ったレジスタンスに参加することになった。


「レッケさんに一つお願いがあります」

レジスタンスのアジトがあるローレリアへと向かっている中。

他の三人のレジスタンスのメンバーと合流した後、俺はレッケさんに話しかける。

「なんだい？」

「ニナさんを安全な場所へ連れていくことはできませんか？」

ローレリアに到着したら、間違いなく今より危険な状況になるだろう。そのような中に戦うことのできないニナさんを連れていくのは得策ではない。

「わかった。近くの街にもアジトがある。そこにその子を連れていこう」

「ありがとうございます。ニナさんはそれでいいかな？」

「わかりました。私がいても皆さんの足手まといになるだけなので」

「お前達。この子を丁重にアジトへと案内しろ」

「「はっ！　承知しました！」」

ニナさんは二人のレジスタンスのメンバーに守られながら、俺達から離れていく。

そして俺達は再びローレリアへと足を向けた。

「リズリット王女がいらっしゃれば、我らの士気も上がります。必ずリスティヒを倒してみせましょう」

「は、はい……よろしくお願いいたします」

ん？　なんだかリズが浮かない表情をしているように見えるが気のせいか？

しばらくして、日が暗くなってからも、リズは元気がないように見えた。

「それでは本日はここで野営をしましょう。明日の昼頃にはローレリアに到着すると思います」

俺達はレッケさんが準備してくれた夕食を食べるが、その際もリズは二人前しか食事をとらなかった。

これはやはり何かあったと考えるべきだな。

「ユートくん、周囲は我らが警護するので、今日はゆっくり休んでくれ」

「ありがとうございます」

レジスタンスのメンバーが離れたため、この場にいるのは俺とリズ、そして既に寝ているマシロとノアだけとなった。

「リズ、何かあったのか？」

俺は二人だけになったことを確認して、単刀直入に質問をする。

「いえ、何もありませんよ」

「嘘をつかないでくれ。リズの様子がいつもと違うのは間違いない。断言できる」

腹ペコハンターのリズに食欲がなかったからな。

「リズはセレスティア様に導かれて俺の所に来たんだろ？　気になることがあるなら、俺に言った方がいいんじゃないか？　セレスティア様もそれを望んでいると思うぞ」

少しずるいがセレスティア様の名前を出してみた。信心深いリズなら、セレスティア様の名前を出せばきっと話してくれるはずだ。

「そうですね。これも女神様のお導きなのかもしれません。ユート様、私の話を聞いていただいてもよろしいでしょうか？」

「もちろん」

リズは話しやすいようにするためか、俺の隣に座った。そしてポツリポツリと自分の思いを語り始めた。

「私がムーンガーデン王国に戻ってきたのは、お父様とお母様の安否を確認することと、国民の皆様が安心して暮らせているかを見るためでした」

「そう言ってたね」

「ですが国民の皆様は、リスティヒの圧政に苦しんでいました。これも全て私達王家の責任です」

全ての責任があるとは思わないけど、今のリズにそんなことを言っても、気休めにもならないだろう。

「そのような国になる原因となってしまった私に、何ができるのだろうと考えてしまって……」

「それは俺にもわからないな」

「そうですよね。つまらないことを口にしてしまいました。申しわけありません」

「いや、誰に何ができて、何を成すことができるかなんて、完全にわかる人なんていないんじゃないのか？　マシロも言ってたけど、もし国民に申しわけないと思っているのなら、国民を圧政から救うために、今は行動するべきだと思う。少なくともムーンガーデン王国の王女であるリズがいれば、レジスタンスが活気づくのは間違いないから」

「そう……ですか。私にもまだできることがあるんですね」

「リズができることはたくさんあると思うよ。もしそれが何かわからないならこれから探せばいい。

俺も協力するから」

もっと気楽に考えてもいいと思うけど、王族として育ったリズはそうできないのかもしれない。

それにリズは優しすぎるから悩んでしまうのだろう。

カザフ村では本当に驚いた。

まさかニナさんを守るために、自分の身体を投げ出すなんて思わなかったからな。

リズが口だけではなく、心から国民のことを大切に思っていることがわかる出来事だった。

「私は本当に運がいいです。セレスティア様の神託のおかげで、ユート様が私なんかに協力してくださるのですから。セレスティア様には感謝です」

「それはちょっと違うかな」

「えっ？」

「確かに、最初はセレスティア様が俺の所に導いたなら協力しなきゃって思っていた。だけど今はセレスティア様のことがなくてもリズに協力したいと思ってるよ」

「それはどういうことでしょうか？」

リズは頭の上にはてなを浮かべている。俺の言った言葉の意味がわかってないのか？　それなら少し恥ずかしいけどハッキリと口にするしかない。

「王女だとかセレスティア様が導いたとか関係なく、リズのことを好ましく思っているから協力するってことだ」

「そ、それはありがとうございます……」

リズが俺の言葉の意味を理解してくれて嬉しいけど、やっぱり恥ずかしい。それにリズもうつむいたままこっちを見てくれないし。

俺達の間にどこか微妙な空気が流れ始める。

こういう時二人っきりだと、どうすればいいかわからなくなるな。

だがその微妙な空気を打ち破る猫がいた。

「魚が……巨大な魚が襲ってくる……助けて～」

突然マシロが寝言を叫び始めたのだ。

俺とリズはその様子を見て顔を見合わせてしまう。

「くく……」

「ふふ……」

そして思わず笑いが込み上げてきた。

「マシロは何の夢を見ているんだ。周囲に人がいなくて本当に助かった」

「お魚さんを食べすぎて怒られてしまったのでしょうか」

「それならマシロは相当恨まれていそうだな」

マシロの寝言のおかげか、リズと普通に話すことができるようになった。

寝言の内容は褒められたものではないけど、心の中で感謝しておこう。

「明日も早いしそろそろ寝ようか」

「そうですね」

俺達は寝袋の中に入り、夜空を見上げる。するとそこには満天に輝く星があった。

「ユート様見てください！　お空にいっぱいの星が見えます！」

「ここまでの星空は俺も初めて見たよ」

リズは嬉しそうにとてもはしゃいでいる。

そういえば野宿をして、満天の星を見たいって言ってたな。

「夢が一つ叶いました。これもセレスティア様とユート様のおかげです」

「俺は何もしてないよ」

「そんなことありません。ユート様がいらっしゃったから、私はここまで来ることができました」

「こんなことでいいならいつでも付き合うよ」

「本当ですか？　私には他にもたくさんの叶えたい夢があります。今まで食べたことのない食材を探しに行ったり、誰も入ったことのない未開の地を探検したり……畑仕事をして自分で作った野菜を食べたりしてみたいです。その夢を叶えるため、ユート様はお付き合いくださいますか？」

それは王女の立場だと叶えられないものばかりだった。だけどリズがやりたいと言えば俺はその願いを叶えるだけだ。

「俺でよければ」

叶えられそうにない夢だからこそ、叶えてあげたいと思い、俺はリズの夢に協力することを誓った。

「では約束ですよ」

リズが小指を出してきたので、俺も小指を出して絡める。

そして星空の下、誰でも知っている約束の儀式をリズと交わした。

満天の星を見た翌日。

俺達はローレリアへと辿り着くことができた。

しかしローレリアの街は帝国との国境と同じ様に、高い壁で囲まれていた。

まさか門から入るわけじゃないよな？　そんなことをしたら一発で兵士に見つかってしまうだろう。

それならロープを使って壁を越えていくとか？　だけどこれもリスクが高い。もし登っている時に見つかったら無防備の状態で攻撃を食らうことになる。それともまさかジャンプで跳び越えるとか？

いやいや、それはないだろう。

俺はローレリアに入るための方法をいくつか考えてみたが、どれも間違っていた。

「壁の一部が隠し扉になってるのか」

俺は感嘆して呟いた。一目見ただけではわからなかったが、壁を押すと扉が開き、簡単にローレリアに入ることができた。

「ここからは気をつけてくれ」

先を進むレッケさんから声をかけられる。

現在の時刻は昼過ぎ、多くの人が外出している時間だ。

街の中に入れば人混みに紛れることができ、俺達の存在を隠してくれると考えていた。

だからレッケさんの言葉が理解できなかった。

だが、その答えはローレリアの中に入ることでわかった。

通りにはほとんど人はおらず、いるのは兵士か数人の住民だけだった。

こんな所を外套を着た者が通れば、捕まえてくれと言っているようなものだ。

「王都っていつもこんなに人が少ないの？」

俺は気になって前にいるリズに話しかけてみる。

「以前はこの通りも人で溢れていました……何故このようなことに……」

「それはリスティヒが王位についたからです」

レッケさんが俺の質問に答えてくれる。

「逆らう者は全て処分し、見目麗しい者は城に連れていかれるため、住民は極力自宅から出ないようにしているようです」

「ひどいです……叔父はムーンガーデン王国に住む人々をなんだと思っているのですか」

「王族や貴族に仕える奴隷としか思っていないのでは？　奴らの非道はとても許せるものではありません」

リスティヒは何を考えているんだ？　無理な税を課し、逆らう者は処分する。こんなことをしていては国が崩壊するのはバカでもわかる。もしかしたら他に狙いがあるんじゃないのか？

「それではリズリット様、ユート。こちらへ」

レッケさんは表の通りを行かず、裏道をどんどん進んでいく。

そして十分程歩くと一つの建物の前に到着した。

「ここが我らのアジトになります」

レッケさんが紹介した場所は路地裏にあり、昼間だというのに光が射し込んでいない。

なるほど。隠れ家として使うにはもってこいの場所だな。

「ではお入りください」

俺達はレッケさんの後に続いて建物の中に入る。

するとすぐに下り階段が見えた。そして階段を下り切ると扉があり、それをレッケさんが開ける。

部屋の中は広い空間になっており、そこには大勢の人の姿が見えた。

「リズリット様だ！　リズリット様が戻られたぞ！」

「よくぞご無事で！」

「我らの希望リズリット様ばんざ～い！」

部屋の中にいた者達はリズに駆け寄ってくる。その光景にリズは驚き戸惑っていた。

すごい人気だな。

まあ可憐《かれん》で優しい王女様なんて国民から慕《した》われて当然だ。

今、この絶望した状況では本当に希望の光なんだろうな。

「お前達！　リズリット様は旅で疲れているのだ！　離れろ！」

レッケさんの叱責により、ようやくレジスタンスのメンバーはリズから距離を取り始める。

やれやれ。人気者は大変だな。

「レッケさん、そこの少年は初めて見ますけど新しい仲間ですか？」

一人の男性が俺の方を見てレッケさんに問いかける。

「この少年の名はユート……リズリット様をここまで連れてきてくれた英雄だ」

「「英雄！」」

さっきまでリズに群がっていたレジスタンスのメンバーが、今度は俺の方に向かってきた。

「リズリット様を助けてくれてありがとう！」

「子供のクセにやるじゃねえか！」

「貴殿の勇気ある行動に感謝する！」

俺はガタイのいい男達によって揉みくちゃにされる。

その際、肩に乗っていたマシロがちゃっかり逃げ出していくのが見えた。

いたいいたい！　この人達加減を知らないよ！　どうせ囲まれるなら可愛い女の子の方がよかった。

「だからお前ら離れろ！　ユートが嫌がっているだろ！」

「す、すみません」

レッケさんの命令で男達は俺から離れていく。

酷い目にあった。なんだか悪い夢に出てきそうな光景だったぞ。

そして悪夢の状況から解放され少し落ち着いた頃。

リズがレッケさんに問いかけた。

「レッケ騎士団長。これからレジスタンスはどうするか決めているのですか？」

「このまま一気にリスティヒの首を取りたいところですけど、まずは国王陛下と王妃様の居場所を見つける方が先ですね」

「お父様とお母様はどこに幽閉されているのでしょうか？」

「わかりません。ですが今各地に偵察を放っているので、近い内にわかると……」

「た、大変です！」

レッケさんが言葉を言い終える前に、突如一人の青年が力強くドアを開けて部屋に入ってきた。

「ま、街で今これが……」

青年は一枚の紙を持っており、レッケさんに手渡す。

「こ、これは！」

レッケさんはその紙に書かれた内容を見て、驚きの声を上げた。

青年が持っていた紙にはこう書かれていた。


本日落陽の時刻。ローレリア城正門前の広場にて、反逆の象徴である前国王と前王妃を処刑する。

二人の命を助けたくばリズリット・フォン・ムーンガーデンを連れてくるべし。


俺はリズへと視線を送る。すると予想していたとおりの言葉が返ってきた。

「私、お父様とお母様を助けに行きます」

やっぱりそう言うと思っていた。

両親を大切に思っているリズには、行かないという選択肢はないのだろう。

「いけません！　国王陛下と王妃様が本当にいらっしゃるかもわかりませんし、リスティヒが仕組んだ罠に決まっています！」

レッケさんの言うとおり、これは百パーセント、リズを捕らえるための罠だ。

だけど向こうはリズがこの手紙の内容を知れば、きっと出てくるとわかっているのだろう。

そういえばグラザムがローレリアに来いと言っていたな。

もしかしてこの策はグラザムが考えたのか？

なんにせよ卑劣な作戦であることは間違いない。

「ですが、これはお父様とお母様を助け出すチャンスです。もしこのチャンスを逃してしまったら……」

手紙に書いてあるとおり殺されるかもしれない。

やはり国王陛下と王妃様の命を助けるのであれば、罠だとしてもこの話に乗るしか方法はない。

「くっ！　せめて国王陛下と王妃様が今どこにいるかわかれば！　そうすればすぐに助けに行き、リズリット様を危険に晒さなくて済むのに」

そういえばマシロとノアは探知能力が高い。もしかしたら二人なら国王陛下と王妃様の居場所がわかるかもしれない。

俺は確認するために二人を抱き上げ、部屋の隅へと移動した。

そして小声で問いかけてみる。

「二人の探知能力で、国王陛下と王妃様の居場所ってわからないかな？」

「わかりませんね」

「僕も一度接触した相手じゃないとわからないです」

「そっか……ありがとう」

残念ながらなんでもわかるわけじゃないようだ。こうなるとますますリズが行くことになってしまうな。

「何を言われようと私はお父様とお母様の所へ行きます。いいですね？　レッケ騎士団長」

レッケさんの立場だといいも悪いも言えないよな。行けばリズが捕まり、行かなければ国王陛下と王妃様が死ぬ。王家に忠誠を誓っていればいる程答えが出せないはずだ。

「その問いに関して、私は答えを持ち合わせていません。ですが決断するのはお待ちください。まだ時間はあります。必ずや日が傾く前に国王陛下と王妃様の居場所を見つけてみせます」

「わかりました。お願いいたします」

「はっ！」

そしてレッケさんの指示のもと、アジトにいた人達は国王陛下と王妃様の捜索へと向かう。

だけど正直厳しいだろうな。おそらくレッケさん達は以前から国王陛下達を捜していたはずだ。

それなのにあと数時間で捜し出せというのは無茶な話だ。

レッケさんはアジトの人達に命令を下した後、椅子に座って頭を抱えていた。もし国王陛下と王妃様が見つからなかったら、リズを危険に晒さなくてはいけないのだ。頭を抱える気持ちもわかる。

だけどここは、国王陛下が見つからなかった時のプランも考えるべきだ。実際にそっちの可能性の方が高いし、無策で対応するのは得策ではない。

「レッケさん……どうするつもりですか？」

俺はまどろっこしいことはせず、単刀直入に問いかけてみる。

「今は国王陛下を見つけるしかない……しかしこちらも沢山の人員がいるわけではないからな」

「ちなみに向こう側とこちら側の戦力には、どのくらい差があるんですか？」

「おおよそだがレジスタンスは三百人、リスティヒ側はだいたい三千人といったところだ」

「約十倍の差ですか」

最悪、死刑執行の際に突撃をかけても、返り討ちにされる可能性が高いと言うわけか。

「リスティヒの兵士達がこちら側に寝返ってくれれば……」

「それはどういうことですか？」

「彼らの多くは、自分の意思でリスティヒに従っているわけじゃないんだよ。何かきっかけがあれば反旗を翻《ひるがえ》すこともあるかもしれない」

軍としての統率すらしっかりと取れていないということか。そういえばアホードを守っていた兵士達も、仕方なしに従っている感じだったな。

それならやりようはある。そのきっかけをこちらが与えてやればいいだけだ。

「レッケさん。少しお話ししたいことがあるんですがいいですか？」

「ここでは話せないことなのか？」

「はい。できれば」

「わかった。こっちに別室がある」

「リズとマシロ、ノアも来てくれないか」

「わかりました」

「ニャ～」

「ワン」

俺達はレッケさんの案内で別室に移動した。

できればこの話は他の人に聞かれたくない。

「それで話とはなんだ？」

「国王陛下と王妃様を救出する方法なんですけど……」

俺は二人を助けるため、あることをレッケさんに提案するのであった。

第五章

時は過ぎ、既に日は暮れかかり、黄昏《たそがれ》の時刻が迫ろうとしていた。

結局レジスタンス側は国王と王妃を見つけることができず、時間が来てしまった。

そしてリズはリスティヒ側の命令に従って、一人ローレリア城の正門へと向かっていた。

いや、一人という表現は正しくない。リズリットの横には二匹……マシロとノアが控えていた。

前方には多くの兵士とリスティヒ、グラザム、そして磔《はりつけ》にされた国王陛下と王妃の姿がある。

だが国王と王妃は長く幽閉されていたせいか意識はほとんどなく、喋ることもできないように見える。

しかし虚ろな目でなんとか娘であるリズリットの姿を捉えていた。

「リ……ズ……来る……な……」

「にげ……て……」

うわ言のように呟くが、その声に力はなく、リズリットには届いていなかった。

だが仮に声が聞こえてもリズリットのやることは変わらない。

親である国王と王妃を助けるだけだ。

周囲には約三千人、ほぼ全軍の兵士がいた。しかしリズリットは臆することなく前に進み、そして声を上げた。

「約束どおり来ました。お父様とお母様を解放してください」

「クックック……本当にこの場に現れるとはな。やはりお前はお人好しの大馬鹿者のようだ」

兵士達の中からグラザムが現れ、リズリットに対峙する。その表情は醜悪で、リズリットを嘲笑しているのは誰の目から見ても明らかだった。

「お父様とお母様を助けに行くことが馬鹿というなら、私は馬鹿で構いません。仮にも王族を名乗るのであれば約束は守ってください」

「仮ではない！　私はこのムーンガーデン王国の王子だ！　ただ生まれによって王女となったお前と同じにするな！」

どうやら仮と言う言葉がグラザムの神経を逆撫でしたようだ。その言葉に反応するということは、自分は仮の王子であると内心思っている可能性がある。しかしグラザムはそのことに気づいてはいない。

「だがそんなお前でも使い道はある。私の要求は一つ……リズリットよ、私の妻になれ。そうすればお前の両親を助けてやろう」

「その約束は守られるのでしょうか」

「私のことが信用できないのか？」

「人質を取って妻を娶《めと》ろうとしている方を信じろと？　あなたはずいぶんお人好しのようですね」

「なんだと！」

先程リズリットに言った言葉を返され、グラザムは激昂する。

その姿を見れば、どちらが王族に相応しいかなど言うまでもなかった。

兵士達も顔には出さないが、心の中でグラザムを笑っていた。

「グラザムよ下がれ！」

「ち、父上……」

息子の醜態を見ていられなかったのか、体躯の大きい筋肉質の男……現国王であるリスティヒが前に出た。

「リズリット王女」

「リスティヒ叔父様……いえ、リスティヒ」

「あなたは現状を理解していない。今ムーンガーデン王国は二つに割れている。これは王国にとって大変よくないことだ。このまま争いが続けば国は荒れ、取り返しのつかないことになってしまうぞ。この問題を解決するためには、リズリット王女とグラザムの婚姻が必要だと言っているのだ。私の方がリズリット王女より国のことを考えている」

「それをあなたが言いますか。無理な税を課し、王族や貴族は国民に対して自分のやりたいように命令をしています。もし荒れた国を立て直す気があるなら、まずはそういった王族や貴族を排除することをオススメします」

「この小娘が……」

リスティヒはリズリットに反論され、怒りを露わにする。兵士達から見てもどちらが正しいことを言っているのか、一目瞭然だった。

「お前は父親であるゲオルクにそっくりだな。何かと言えば全ては国民のためだの甘いことを言いおって。結局強大な力の前ではその大切な国民を守ることができず、あのように見苦しい姿を晒すことになるのだ」

リスティヒは国王を指差し、見下した視線を送る。

「確かにあなたの言うとおりかもしれません。お父様は優しすぎました。そのため、あなたという悪がいることがわかっていて、処分することができなかったのですから」

「なんだ？　今さら後悔しても遅いぞ」

「遅くはありません！　お父様とお母様は生きていて、国は荒れてしまったけどまだ立て直すことはできます！　あなたの思いどおりには絶対にさせません！」

「クックック……バカな小娘だ。それならばどうやって礫になった父親と母親を救うつもりなのだ。ここには我が軍の兵士が三千人いる。この圧倒的な数の差に対してお前は何ができる。できもしないことを口にするんじゃない！」

確かにリスティヒの言葉は正論である。一人と二匹で三千人の相手をしながら国王と王妃を救うなど、普通ならできるはずがない。

だがだからと言ってリスティヒの言葉に従うわけにはいかない。

リズリットは決意を胸に、この場にいる者達に語りかける。

「勇敢なる兵士の皆様。あなた方は今のムーンガーデン王国が正しい姿だとお思いでしょうか？　高額の税を課され、理不尽な命令をされ、自国の国民を……愛する人達を虐《しいた》げることが、あなた方が本当にやりたかったことですか？」

「父上！　リズリットが勝手なことを！」

「よい。最後に語らせてやろうではないか。何をしても無駄だということがわかれば、リズリット王女もお前との婚姻を認めるだろう」

「なるほど。そういうことであれば承知しました」

リスティヒとグラザムは下衆な笑みを浮かべながら、静観することを選ぶ。

「今一度思い出してください。あなた方は何故兵士になる決意をされたのですか？　愛する人達を守るためではなかったのですか？　このままではムーンガーデン王国は滅びを迎えてしまいます。私はクーデターが起きた後、国民が幸せに暮らしているのであれば、王権を取り戻さなくてもいいと考えていました」

王権を取り戻さなくてもいいというリズリットの言葉を聞いて、兵士達がどよめく。

それだけ今の言葉は信じられない内容だった。

「ですが今のムーンガーデン王国の状態を見すごすわけにはいきません！　必ず以前より暮らしやすい王国を取り戻してみせます。ですがこれは一人の……一部の王族や貴族でできることではありません。私はムーンガーデン王国に住む全ての人達と成し遂げたいと思っています。そのためにどうか私に……私に力を貸してください！」

リズリットの心の叫びが周囲に響き渡る。

だがその声に応える者は誰もいなかった。

もし立ち上がってしまえば、自分だけではなく家族にも迷惑がかかる。

そして自分一人がリズリットの味方をしたところで、この状況を覆すことはできないと諦めていたからだ。

パチパチパチ。

そのような中、リスティヒが拍手をしながら満面の笑みを浮かべ、前に出てきた。

「素晴らしい演説でした。さすがはリズリット王女だ。しかしあなたの演説はここにいる者達には響かなかったようだ。これであなたにもわかっただろう。国民をコントロールするのに必要なものは力と恐怖だ。甘い考えなどでは誰も従わないのだよ！」

残念だが結果が全てだ。リズリットの言葉には誰も従わず、リスティヒの言葉には三千人が従う。

ここにいる誰もがそう感じていたはずだ。

だが……

「私はあなた方に正しい心が、悪に立ち向かう勇気があると信じています」

リズリットは諦めていなかった。再び兵士達に向かって語りかける。

「元王族ともあろう者が、さすがに見苦しいと思わないのか？」

「私は国民の皆様に話しかける行為を見苦しいと感じたことは、一度だってありません」

「黙れ！　さすがにこれ以上の茶番を見ているのは気分が悪い。そこまでにしてもらうぞ」

リスティヒが右手を上げると兵士達は剣を手に持ち、切っ先をリズリットへと向ける。

「……わかりました。皆様のお時間を取らせてしまい申し訳ありませんでした……ですが最後に一つだけよろしいでしょうか」

「いいだろう。親族のよしみとして聞いてやる」

「では後三回だけ、誇り高き兵士の皆様、私の味方をしてくださる方はいませんかと問いかけてもよろしいでしょうか」

リスティヒは片眉を上げる。

「無駄なことを……だが最後まで足掻《あが》き、その結果誰も味方をする者がおらず絶望するリズリット王女の顔を見るのも一興か。許可してやろう」

「ありがとうございます」

リズリットは顔を動かし、全ての兵士達に向けて語りかける。

「誇り高き兵士の皆様、私の味方をしてくださる方はいませんか」

心を込めて語りかけるが、誰も返事をする者はいなかった。

「誇り高き兵士の皆様、私の味方をしてくださる方はいませんか」

兵士全員に向かって二度目の語りかけを行うが、やはり一度目と同じで、誰もリズリットの声に応える者はいない。

「クックック……バカな小娘だ。わざわざ平民達に頭を下げて、しかも味方をしてもらえないなどバカの極みだろ」

「父上、リズリットは傷一つつけず捕らえてください。傷ついた女を抱くなど興醒めもいいところですから」

「わかっている。だが壊すなよ。リズリット王女にはまだ利用価値がある。レジスタンスどもを駆逐するには、必要な駒だからな」

「承知しました」

リスティヒとグラザムはリズリットを捕らえ、王国を平定する日は近いと信じて疑わない。

「リズリット王女、これが最後だ。あなたの自己満足にはこれ以上は付き合いきれん」

「わかっています」

リスティヒとグラザムは、今のリズリット王女はさぞかし絶望した表情を浮かべているだろうと思っていた。

「「な、なん……だと……」」

だがその予想は大きく外れていたので、思わず驚愕の声を上げてしまう。

なんとリズリットは絶望した表情どころか笑みを浮かべていたのだ。

その目には悲愴感はなく、必ず兵士達が自分の味方をしてくれると信じて疑わないように見えた。

「バカな！　何故この状況でそのような顔ができる！」

「これが本物の王族とでも言うのか」

二人が狼狽えている中、リズリットは最後の問いかけを行う。

「誇り高き兵士の皆様、私の味方をしてくださる方はいませんか」

しかし兵士達からの反応はなかった。

「ふっ……驚かせおって」

「結局誰もリズリットの味方をしないじゃないか」

リズリットの堂々とした姿に一瞬焦った二人は、安堵のため息をつく。

「さあ、願いは叶えてやった。兵士達よ！　リズリット王女を捕らえよ！」

兵士達はリスティヒの命令に逆らうことができず、リズリットに迫る。

だがその時。

「あなたに味方する者はここにいるぞ！」

一人の兵士がリズリットの願いを受け入れ、声高に叫んだ。

「き、貴様！　私の命令に……なんだと！」

リスティヒはリズの味方をする兵士を叱責しようとしたが、ありえない光景を目にして驚愕の表情を浮かべる。

「何故兄上と王妃がお前の手に！」

声を上げた兵士は、磔にされていたはずの国王と王妃を救出していた。

◇◇◇

リスティヒの問いかけに、俺――ユートは堂々と答える。

「ここにいる全員がリズを見ていたから、その間に取り戻しただけだ」

そう。俺は兵士となって国王陛下と王妃様を救出するタイミングを見計らっていたのだ。

クーデターが成功し、新たに設立されたばかりの軍隊だったため、一人や二人……いや、十人くらい紛れ込むのは簡単だった。

それにしてもリズはさすが王女様だな。可愛らしく華やかで、カリスマ性を見せたことで、皆リズを注視してくれた。そのため国王陛下と王妃様を助け出すことは容易だった。

ちなみにリズの横にマシロとノアを置いたことにも理由がある。もし兵士が襲いかかってきた時、リズの護衛をしてもらうためだ。

ここまでは上手くいった。だがこれで終わりじゃない。

リスティヒとグラザムをぶちのめし、リズや国王陛下、王妃様を安全な場所に連れていくことが、俺の任務である。

「なるほど。リズリット王女が過剰なパフォーマンスをしていたのは、兄上と王妃を助け出すためだったか。素直にやられたと褒めてやろう。だが一対三千が二対三千になっただけだ。この人数差を覆すことなど不可能だろう」

「さあ、それはどうかな？」

「なんだと？」

俺の策はまだ終わりじゃない。

「私もリズリット様に従います！」

「リスティヒとグラザムの横暴を許すな！」

「ムーンガーデン王国を取り戻すのだ！」

一部の兵士達がリスティヒの軍から離脱し、リズのもとへと向かう。ちなみにこの兵士達も俺が仕込んだ者達で、国王陛下と王妃様を助け出した後、反旗を翻してくれと頼んでいた。

「貴様ら……この私を裏切るとはいい度胸だ！　家族共々処分してやる！」

リスティヒは怒りの表情を浮かべ激昂しているが、内心ではまだまだ余裕があるだろう。

兵士に化けたレジスタンスは十人。

二対三千が十二対二千九百九十になっただけだからな。

「自分に従わない者は全て処分する。あなた方はこのような卑劣な王に仕えるというのですか！　今リスティヒを倒さなければ、必ずあなた方に災いをもたらしますよ」

リズが再度兵士達の説得を試みるが、俺達の味方になってくれる者はいないようだ。

残念だけど今リズの味方をしている兵士達は、レジスタンスのメンバーだけだ。

そのため、リスティヒを裏切ってこちらの味方になった者はまだ誰もいないということになってしまう。

だけど兵士達の表情を見ていると、心からリスティヒの側についているようには見えない。

あと一押し……あと一押しあれば反旗を翻してくれるはず。

だったらそのきっかけを作ってやろう。

タイミング的にはそろそろのはずだけど。

「お遊びはこれまでだ！　皆の者反逆者を始末しろ！　だがリズリット王女には傷一つつけず捕らえよ！」

リスティヒの命令に従って兵士達が押し寄せてくる。

このままだと俺はともかく、リズ達がヤバそうだ。

「マシロ！　ノア！」

リズを守れという意味を込めて、二人の名前を叫ぶ。

「ニャーッ！」

「ワンワン！」

俺がリズの所に行けたらいいけど、こっちも瀕死の状態の国王陛下と王妃様を守らなくてはならない。

とにかく今は時間を稼ぐしかない。

俺は剣を抜き、兵士達に切っ先を向ける。

残念だけど衝突は避けられないか。

こっちも余裕がないので、向かって来る者に関しては再起不能にさせてもらう。

俺が襲いかかってきた兵士に対して、剣を振り下ろそうとしたその時。

突如城の方から大歓声が聞こえてきた。

「皆の者！　城は落とした！　勝ちどきを上げよ！」

「「「エイ、エイ、オー！」」」

どうやら間に合ったようだな。さすがにギリギリすぎて肝を冷やしたぞ。

「どど、どういうことだ！　何故城から歓声が聞こえてくる！」

「ち、父上！　城を見てください！　レジスタンスの旗が……」

グラザムの言葉どおり、城には沢山の旗が掲げられていた。これなら誰が見ても、城がレジスタンスの物になったということがわかるだろう。

実はリズがリスティヒや兵士達の注目を集めている間、王族だけが知る隠し通路から、レジスタンスのメンバーが城に侵入したのだ。幸いほとんどの兵士は正門前に配置されていたため、容易に城を落とすことができたというわけだ。

それだけリズを捕らえたかったようだが、正門に全軍集めたことが仇《あだ》となったな。

そして大歓声が轟く中、城の正門の扉が開かれる。するとレジスタンスのメンバーが武器を携えてこちらに向かってきた。

「これより反逆者の討伐に入る！　国家を乱した逆賊を決して許すな！」

「「「うおぉぉぉぉっ！！」」」

レッケさんの掛け声により、レジスタンスの士気は最高潮に達した。

レジスタンスのメンバーは今までの恨みを晴らすかのように、突撃を開始する。

すると戦場に変化が訪れた。

「し、城が落とされたんだ。リスティヒにもう勝ち目はない」

「これ以上奴に加担する必要はなくなるってことだ！」

「そうだ！　我らが味わった屈辱《くつじょく》を晴らす時だ！」

兵士達は反旗を翻し、リスティヒとグラザムへと体を向ける。

その数は多く、最早二人の味方をする者などいないかのように見えた。

「ち、父上！　どうすれば！」

「バカ者！　この状況で戦えるわけがなかろう！　逃げるぞ！」

「ひぃぃぃっ！」

リスティヒとグラザムの情けない声が戦場に響き渡る。

国を手に入れるためにお前達はやりすぎた。その報いを受けるがいい。

兵士達やレジスタンスのメンバーの怒りはすさまじいものを感じる。捕まったら五体満足でいられないのは明白だろう。

「お前達の時間はもう終わりだ」

俺は逃げ惑うリスティヒとグラザムに向かって、そう宣言する。

このままリズを苦しめたリスティヒとグラザムに一発食らわしてやりたいところだが、俺には早急にやらなくてはならないことがあった。

「ユート様！　お父様とお母様は！」

遮るものがなくなったリズは、両親のもとへと駆け寄ってきた。

「かなり容態が悪いな」

「そんな！」

先程までは辛うじて話すことができ、意識もあったが、今は瞳も閉じられている。

「大丈夫。俺が治すから離れていてくれ」

「お願いいたします！」

特に国王陛下の方が衰弱が激しいように見えるな。

俺は国王陛下に向かって左手の掌を向け、魔力を溜める。

「神聖回復魔法《セイクリッドヒール》」

そして魔法を解き放つと、国王陛下の身体が輝き始めた。

目立った傷はなかったけど、衰弱しているだけなら神聖回復魔法《セイクリッドヒール》で回復するはず。

そして俺は続けて王妃様にも神聖回復魔法《セイクリッドヒール》を使った。

「これで大丈夫なはずだけど……」

しかし俺の予想とは裏腹に、二人の目は閉じられたままだ。

意識が戻らないのは何か他に要因があるのか？

「うぅ……」

「リズ……」

しかし俺の心配は杞憂に終わり、二人はゆっくりと目を開き始めた。

「お父様……お母様リズです。わかりますか……」

「おお……リズ……心配かけたな」

「リズ……またあなたに会えるなんて……うれしいわ……」

ふう……なんとかなったようだな。二人とも顔色はよくないが、話ができるようになっている。

「私もお父様とお母様に会いたかったです……もう二度と自分を犠牲にして私を助けるようなことはしないでください。私がどれだけ心配したか……」

「それは約束できないな……可愛い娘のためなら……この命など惜しくはない」

「そうよ……あなたは私達の宝だもの」

「でもリズは……お父様とお母様を失いたくないです……うぅ……」

我慢できなくなったのか、リズの瞳に溜まっていた涙が地面に零れ落ちていく。

「大人になったと思ったが……リズはまだ子供だな」

「あらあら……泣き虫なところは変わらないのね」

「お父様とお母様と一緒にいられるなら……リズは子供でいいです」

この光景を見ていると、リズはとても愛されていることがわかる。そしてリズも両親のことが大好きだということがわかった。

俺も、異世界転生前の家族のことを少し思い出してしまった。

「本当はこのままお父様とお母様の側にいたいです。ですが今はやるべきことがあるので私は行きます」

「わかった」

「気をつけてね」

やるべきこととは、リスティヒとグラザムのことだろう。

確かにあの二人がいる限り、本当の平穏は訪れない。

「すみません。お父様とお母様を安全な所へお願いします」

「はっ！　承知しました」

数人のレジスタンスのメンバーが、国王陛下と王妃様を城へと連れていった。

「ユート様。もう少しだけ私に力を貸してください」

「わかった」

「ニャ～」

「ワン」

どうやらマシロとノアもついていきたいと言っているようだ。

「ふふ……マシロちゃんとノアちゃんもありがとう」

リズは二人の行動が嬉しいのか、可愛らしく笑った。

やはりリズには笑顔が似合う。

リスティヒやグラザムと対峙していた時のように凛とした姿も素敵だったが、俺はリズの笑った顔の方が好きだ。

よし！　リズが笑顔でいられる世界を作るためにも、最後の詰めと行きますか。

「それじゃあ行こうか」

「はい」

「ニャ～」

「ワン」

俺達はリスティヒ達が逃げた方角へと向かう。

すると突然、レッケさんの声が聞こえた。

「リスティヒを捕らえたぞ！　後はグラザムだけだ！」

どうやらレッケさん達がリスティヒを捕らえたようだ。

まあ三千人近くの人間に追われているんだ。逃げおおせる方が難しいだろう。

グラザムが捕まるのも時間の問題か？

俺の手で捕らえてやりたい気持ちもあるけど、誰かが捕まえてくれるならそれでもいい。

だが俺の思惑は外れることになってしまう。

「グラザムがいない！」

「こちらの通りに追い込んだはずなのに」

「忽然《こつぜん》と姿を消してしまったぞ」

どうやらグラザムを見失ってしまったようだ。

まさかこれだけの人数がいて逃げられてしまうなんて……

だが絶対に奴は逃がさん！

「マシロ、ノア。グラザムの居場所はわからないか？」

「微かに風が教えてくれますけど、周りに人が多すぎて探知しづらいですね」

「僕も同じです」

「それなら兵士達は連れずに、俺達だけで追うか」

「わかりました」

ここまで来て逃がすなんてあり得ない。人数を割くより確実に追える手段を取るべきだろう。

「とりあえずどっちの方角かわかるか？」

「う～ん……西側の方に向かっていると思います」

「よし。じゃあ急ごう」

俺達は兵士達から離れ西側に向かう。

するとレッケさんが俺達の行動に違和感を持ったのか、近づいてきた。

「リズリット様、どちらへ！」

「私達だけでグラザムを捕まえに行ってきます」

「グラザムの居場所がわかるのですか！　でしたら兵もお供に……」

「いえ、人が多くなるとグラザムの居場所がわからなくなってしまいますので」

「……わかりました。では私だけでもお供させてください」

こうして俺達はレッケさんも連れて、逃亡したグラザムを捕らえるために街の西側へと向かった。

「本当にグラザムがいるのか？」

「マシロとノアがそう言ってるので」

「その聖獣と神獣がか」

レッケさんにはマシロとノアの正体を伝えてある。

今回の国王陛下と王妃様救出作戦を行うに当たって、二人が護衛をできるくらい強いと知ってもらうために正体を明かしたのだ。そうじゃないとリズを一人で行かせることなど、絶対に許してくれなかっただろう。

「そうです。二人なら必ず見つけてくれますよ」

「私にかかれば余裕です」

「ご期待に応えられるよう頑張ります」

マシロとノアの能力に疑いの余地はない。これまで何度も期待に応えてくれたからな。

俺達はマシロとノアの後に続いてグラザムを追っていく。

二人はどんどん西側へと進んでいき、城からはかなり離れてしまった。

「おいおい。このままだと街の外に出てしまうぞ」

「うるさいですよ。すぐに見つけてあげますから黙っていてください」

「あと少しで追いつきます」

「す、すまない」

レッケさんも猫に説教されるなんて思ってもみなかっただろうな。

「この門を越えて少し進んだ所にいますね」

「街の外に⁉　いや、なんでもない」

レッケさんは一瞬疑いの声を上げたけど、また余計なことを言うとマシロに注意されるので、口をつぐんだ。

「ちょっと門にいる人達に聞いてみますか？」

外に出たのなら、この西門を通ったはず。

門番の兵士達からグラザムを見たという証言を聞けたら、レッケさんの疑念は晴れるだろう。

「すみません。ついさっきここを誰かが通りませんでしたか？」

俺は暇そうにしている二人の門番に話しかける。

「なんだ君は……そんなこと答える義務は……リ、リズリット様！」

どうやら俺の後ろにいるリズに気づいたようだ。こういう時は権力者が側にいると楽でいいな。

「早く答えんか！　こっちは急いでいるんだ！　ちなみにリスティヒは既に失脚した。嘘をついたらどうなるかわかっているな」

「ひぃっ！　レッケ騎士団長まで！」

「す、少なくともここ三十分は誰も通っていません！」

「誰も通っていない……だと……どういうことだ？」

通常の方法で街の外に出るなら、必ずここを通るはず。だが門番は誰も通っていないという。

レッケさんに絞られているから嘘をついているとは思えないが。

「ともかく外に出るぞ」

俺はレッケさんに続いて門の外に出る。

てっきり「やはり猫や犬の言ったことなど信用ならん」とでも言うかと思った。

「なんだ？　不思議そうな顔をしているな」

「いえ、そういうわけでは……」

「リズリット王女とユートがこの二人を信じているんだ。私も信じるしかないだろう」

「レッケさん……」

突然現れた喋る猫と犬を信じろと言われて、素直に信じることは不可能だ。だけどレッケさんはリズと俺を通してマシロとノアを信じると言ってくれた。これは少し嬉しいな。

「さあ次はどっちだ！　日が落ちて暗くなってきた。早く追いつかないと見失ってしまうぞ」

レッケさんの言うとおり、夜の時間が迫ってきた。もしマシロとノアが探知できない所まで逃げられたら厄介だ。

「マシロ、ノア。グラザムはどこにいる」

「このまままっすぐ二百メートル程行った所にいます」

「疲れているのか、足を止めていますね」

これはチャンスだな。

これ以上逃げられる前に捕縛するぞ。

俺達はさらに走るスピードを上げる。

すると程なくして、地面に座り込んでいる者の姿が見えてきた。

「グラザム。とうとう見つけましたよ」

「国家に仇なす反逆者よ。観念するがいい！」

「げっ！　リズリットにレッケ！　何故ここに！」

グラザムは追っ手から逃げることができたと油断していたのか、焦りの表情を浮かべていた。

「ふふん、どうですか？」

「なんとか見つけることができました」

そしてグラザムとは対照的に、任務を達成したマシロとノアは得意気な顔をしていた。

「二人ともありがとう。戦いが終わったらおいしい魚と骨付き肉を進呈しよう」

「三日分でお願いします」

「ぼ、僕もお願いします」

「わかった」

マシロもノアもそれだけの働きをしてくれた。あとは俺達がグラザムを捕らえるだけだ。

「ま、待て！　私は父上に命令されて仕方なくクーデターを起こしたのだ！」

「嘘をつかないでください」

いや、誰が聞いてもその言いわけには無理があるだろう。

嬉々としてリズを陥れようとしていたじゃないか。

「見苦しいぞ！　仮にも王族だったならせめて最後くらい潔くしたらどうですか」

「まだ私は負けてはいない」

「あなたの剣の師である私に勝てるとお思いか」

レッケさんの言葉から、実はグラザムが強者だったということはなさそうだな。

これは容易に捕まえることができそうだ。

「くく……」

だがこの追い詰められた状況だというのに、グラザムは笑みを浮かべていた。

どうしたんだ？　まさか自暴自棄になって頭がおかしくなったのか？

いや、俺が見る限り奴の目はまだ死んではいない。何か企んでいるのか？

「元よりこの国は滅びる運命だったのだ。それなら今ここで私が破壊してやる！」

「どういうことですか」

「リズリット、そのままお前の大好きな国が滅びゆく様を見ているがいい」

グラザムは懐に手を入れる。そして引き抜いた時には掌サイズの緑に輝く玉を持っていた。

なんだあれは？　何か宝石のように見えるけど……

「もしかしてあれは……ユート様！　レッケ騎士団長！　グラザムの手にある宝石を奪い取ってください！」

リズの言葉の真意はわからないけど、なんだか嫌な予感がする。

俺とレッケさんは宝石を奪うため、グラザムのもとへ駆け出すが……

「遅い」

グラザムは俺達がたどり着く前に、宝石を地面に投げつけた。

宝石は粉々に砕け、残骸が地面に散らばる。

どういうことだ？　この行動にどのような意味があるのか全くわからない。

俺は説明を求めるため、リズに視線を向ける。

するとリズは顔面蒼白になり、小刻みに震えていた。

「リズ、どういうことか教えてくれ。あの宝石はなんなんだ」

「あ、あれはエメラルドの宝石です」

「エメラルド？」

あれだけデカイとどれくらいの価格になるんだと、思わず庶民根性が出てしまう。

「はい。かつてムーンガーデン王国が建国される以前、この地には果樹園があり、今より多くの人々が住んでいました。気候も過ごしやすく豊かな土壌で民は幸せに暮らしていたようです。ですがその平穏な日々は一瞬で崩されてしまいました。突如現れた白い凶鳥……フレスヴェルグによって全て破壊されたと言われています。その後、人々は全力を賭《と》してフレスヴェルグを封じたのですが……」

えっ？　ちょっと待て。

ということは……

「まさかあの宝石にそのフレスヴェルグが封印されていたのか！」

「はい。私の祖である初代ムーンガーデン王国の国王が、満月の日にフレスヴェルグをエメラルドの宝石に封印したと聞いてます。宝物庫に封印していたものをグラザムが持ち出していたようです」

あの男は本当にろくなことをしないな。こんなことになるなら初めて会った時に始末しておけばよかった。その時の判断が悔やまれる。

「ともかく封印が破られてしまったのは仕方ない。こうなったらそのフレスヴェルグを倒すしかないな」

「無茶です！　伝承では世界の凪はフレスヴェルグが起こしたと言われ、多くの人間の命を奪い、その死体を何千何万も食らったとされているのですよ。いくらユート様でもそのような敵に立ち向かえば……」

「だけどこのまま逃げたら街が滅ぼされてしまう。それにもう考えている時間はなさそうだ」

砕けたエメラルドから、黒い霧のようなものが空まで立ち上る。そして霧が一ヶ所に集まると、突如その空間が裂け始めた。

「なな、なんだこれは……」

レッケさんは空の様子を見て腰を抜かし座り込んでしまう。

だがその気持ちはわかる。

裂け始めている空間の幅は優に三十メートルを超えており、その空間と同じくらいの白い何かが、こちらの世界に来ようと暴れている。

この空間が裂け切った時、フレスヴェルグはこの世界に降臨するというわけか。

「リズリット王女の言うように、フレスヴェルグを倒すのは不可能だ！　せめて民の避難を」

「その役目はレッケさんにお願いしてもいいですか？」

「どういうことだ？　まさかユートはあの化物と戦うというのか！」

「ええ。足止めくらいはしてみせますよ」

「無茶だ！」

「無茶でもなんでもやらなくては街の人が犠牲になるだけです。あなたはムーンガーデン王国の騎士団長なのだから、国王陛下や民を守る義務があるはず。早く行ってください」

「くっ！　わかった……リズリット王女も早く避難してください」

「私はここに残ります」

「「えっ？」」

リズの言葉に俺とレッケさんは、思わず声を上げてしまう。

「何を仰っているのか私には理解できません！　リズリット様はこの国の王女です。あなたが逃げなくてどうするのですか」

「王女だからこそ見届ける義務があるのです。それに私はなんの関係もないユート様を巻き込んでしまいました。そのユート様を置いて私だけ安全な場所に逃げるなどできません」

「リズリット王女、このような時に我が儘を言わないでください」

「レッケ騎士団長、もう時間がありません。早く街の人達に避難するよう伝えてください」

「くっ！　わ、わかりました」

レッケさんはリズを説得したかったようだけど、もう時間がないため諦めたようだ。

「ユート！　リズリット王女を任せたぞ！　もし傷の一つでもつけたら私は許さんからな」

「わかりました。リズのことは命をかけて守ります」

「それと……お前も無事に帰ってこい。わかったな」

「はい。レッケさんも気をつけて」

レッケさんはこの事態を知らせるため、急いで街へと戻っていった。

さて、ああは言ったけどどうしたものか。これだけの巨体だ。

チマチマした攻撃では倒すことなどできないだろう。

「無駄なことを。どこに逃げようがフレスヴェルグが全てを破壊するだろう。街も人も……そしてお前達もだ」

さっきまで震えていたグラザムはどこへ行ったのやら、勝ち誇った顔で邪悪な笑みを浮かべていた。

「街にはリスティヒもいるんだぞ」

「父上などどうでもいい。所詮は血が繋がっただけのただの他人だ」

こいつは自分さえよければいいというタイプか。グラザムのこれまでの態度を見て、リズがこいつと結婚しなくてよかったと改めて思った。

「それに俺達だけじゃなく、お前もフレスヴェルグに殺されるんじゃないか」

「残念だが、フレスヴェルグは封印を解いた者の言うことを聞くようになっている」

俺は本当かどうか確かめるために、リズに視線を向けた。

するとリズは静かに頷いた。

「お前達の死に様を特等席で見物してやる。せいぜい生き残るために足掻くんだな。その方がいい余興となってこちらも楽しめる」

「悪趣味な奴だな。そんなんだからリズに振られるんだぞ」

「それは関係ないだろ！」

「関係あります。昔から自分のことしか考えないグラザムのことは苦手でした」

「ほらな」

「貴様ぁぁ……フレスヴェルグがこちらの世界に来たら、真っ先に殺してやるぞ」

「やれるものならやってみればいい」

「ああ、その時が楽しみだ」

これでいい。

フレスヴェルグはグラザムが操れるらしいから、これでこの世界に来てもリズではなく、俺を先に狙ってくるだろう。

レッケさんと約束したからではないが、なるべくならリズを危険に晒したくないからな。

現在フレスヴェルグは空間の裂け目から身体が三分の一くらい出ている。もう少しでこちらの世界に来てしまいそうだ。

「ユート……あの魔物は私が倒してもいいですか？」

「マシロ？」

「鳥の分際で私を見下ろしているところに腹が立ちます」

「倒せるならそれに越したことはないけど」

マシロは自信があるのか？　まあ聖獣で白虎と呼ばれる存在だし、期待してもいいかもしれない。

「マシロさん、僕も力を貸します」

「いいでしょう。許可します」

マシロとノアがフレスヴェルグと対峙する。

「行きますよノア」

「はい」

そして二人は体内で溜めた魔力を一気に放出した。

「稲妻魔法《ライトニングボルト》」

「氷柱雨魔法《アイシクルレイン》」

二人が魔法を解き放つと、天から稲妻と無数の氷柱がフレスヴェルグに降り注ぐ。

「バカな！　猫と犬が魔法を使っただと⁉」

グラザムが驚くのも無理はない。まさかこの二人が聖獣と神獣だとは思わないだろう。

だが今はグラザムよりフレスヴェルグだ。

フレスヴェルグは図体がでかいため、二人の魔法が直撃していた。並の魔物なら今の魔法で決着がついたはずだ。

しかし相手は並の魔物ではなかった。

二人の魔法がまるでなかったかのように、再びこの世界に移動しようと空間を割っている。

「はっ……はは……驚かせやがって。猫や犬ごときがフレスヴェルグを倒せると思うなよ」

グラザムはフレスヴェルグに魔法が直撃して焦っていたが、無傷だとわかり平静を取り戻す。

「残念ですが、今の私の手には負えないようですね」

「ごめんなさい。倒すことができませんでした」

「いや、二人はグラザムの居場所を突き止めてくれたし、よくやってくれたよ。戦いが終わったらおいしい魚と肉をご馳走するから楽しみにしててくれ。あとは俺がやる」

「悔しいですけどユートに任せます」

「ユートさんならなんとかしてくれると信じています」

俺はマシロとノアを労い、前に出る。

だけどああは言ったもののどうするか。まずは相手の能力を確認して見よう。もしかしたら倒す手段が見つかるかも知れない。

「真実の目《ヴァールハイト》」

スキルを口にすると立体映像が目に映り、フレスヴェルグの能力の詳細が見えてきた。

だがこれは……驚愕の能力だな。

名前：フレスヴェルグ
性別：雄
種族：妖獣
レベル：202／300

力：２３２１
素早さ：４２１１
防御力：３２３
魔力：２００１
ＨＰ：１５３２
ＭＰ：１８２１
スキル：風耐性・スピード強化Ａ
魔法：風魔法ランク１０
称号：空の王者・風を起こせし者・死体を飲み込む者

とんでもない数値だな。魔法のランクは１０が最高値だ。そのためフレスヴェルグは全ての風魔法が使えるということか。

それに素早さが常軌を逸している。

ちなみにレベルは分子が今のレベルで、分母はレベルの限界値だ。

また、スキルでアルファベットが振られているものはＳが最も効果が高くＥが最も低い。

そして強化の補正値はこうだ。

E＝１０％
D＝３０％
C＝５０％
B＝７５％
A＝１００％
S＝２００％

フレスヴェルグはスピード強化Aを持っているので、実際の素早さの数値は８４２２になる。

リズの素早さが７５だから、比べるとその素早さが尋常じゃないとわかる。

今はまだこちらの世界に来ることができず止まったままだが、もし自由に動けるようになったら、とてもじゃないが捕らえられるスピードじゃない。

もし倒すなら、今この時が最大のチャンスだ。

だけど風魔法は使わない方がいいだろう。風耐性のスキルがあったからだ。

風魔法が得意なマシロとはちょっと相性が悪かったな。

とにかく並大抵の魔法では倒すことはできない。ここは俺が使える最強の魔法を使うべきだ。

「マシロ、ノア」

「なんでしょうか」

「はい」

「これから集中して大きめの魔法を使うから、その間リズを頼む」

「わかりました」

「お任せください」

俺は三人から少し距離を取る。

「ユート様、御存分に……」

「うん」

俺は背後から聞こえてきたリズの声に答え、フレスヴェルグと対峙する。

フレスヴェルグは既に空間の裂け目から半分くらい身体が出ている。もう悠長に構えている時間はなさそうだ。

「なんだ？　今度はお前がフレスヴェルグに攻撃するつもりか？」

グラザムが余裕の笑みを浮かべながら話しかけてきた。

「だったらどうだと言うんだ」

「無駄なことを。それより逃げた方がいいんじゃないか？」

「そのセリフ、そっくり返させてもらう。フレスヴェルグを倒したら次はお前の番だ」

「フレスヴェルグを倒す？　笑わせるな。無知というのは残酷だなあ」

「どういうことだ」

「冥土の土産にいいことを教えてやろう。フレスヴェルグは魔物のランクでいうとSランクだ。しかも限りなくSSランクに近いと言われている」

SSランクの魔物が狩れる勇者パーティーは、この世界の歴史上数パーティーしかいないと言われている。そして今現在、この世界には存在しないはずだ。

「この意味がわかるか？」

「……いくつもの勇者パーティーが集まるか、もしくは最強の勇者パーティーでなければ倒すことができないと言いたいのか？」

「そうだ！　仮にお前が勇者パーティーの一員だったとしても一人で何ができる！　無駄なことをやろうとしている姿は滑稽すぎて、笑いが込み上げてくるぞ」

「だから？」

「だから……だと……」

ニヤけた笑みを浮かべていたグラザムが突然真顔になる。

「勇者パーティーでしか狩れないというなら、勇者を超えた一撃を食らわせればいいだけだ。他者の力を使わないと粋がれない奴は黙って見てろ」

「貴様ぁぁっ！　偉そうなことを！　フレスヴェルグが空間の裂け目から顕現したら、お望みどおり貴様から殺してやる！　精々無駄に足掻いてみるんだな」

グラザムは激昂して憎しみの目をこちらに向けている。俺が失敗するところを楽しみにしているのだろう。

だけどこれでようやく静かになったな。

あとは魔法を放つだけだ。

俺は身体中にある魔力を両手に集めるため集中する。

「ユート様の手が……光っている」

「かなり高密度の魔力がユートの手に集まっていますね」

全ての魔力よ……俺の手に集え。

これは一発勝負だ。出し惜しみなく全力の一撃をフレスヴェルグに放つ！

そのためには魔力を集めるだけでは足りない。

「女神セレスティアの名のもとにユートが命ずる……」

「えっ？　ユート様は何を……」

混乱するリズにマシロが答える。

「あれは魔法の詠唱ですね。高ランクの魔法を使う時、よりイメージを強くして、使用する魔法の威力を上げることができます」

「ユート様は甚大な魔法を使おうとしているのですね」

くっ！　詠唱を始めたのはいいが、膨大なＭＰが消費されていく。少しでも気を抜けば集めた魔力が全て霧散してしまいそうだ。だけど中途半端な一撃ではフレスヴェルグに届かない。全力の一撃をぶつけるんだ。

「我が身、我が手に集い……神の一撃を以《もっ》て……我が眼前にいる敵を破壊せよ……神聖極大《セイクリッドオメガ》破壊魔法《ブラスト》」

聖なる光を集めた巨大な光球が上空に現れる。

そして空間の裂け目から出かかっているフレスヴェルグに向かって解き放たれた。

「なんだあのバカでかい光は！」

グラザムの言うとおり神聖極大《セイクリッドオメガ》破壊魔法《ブラスト》は巨大で、三十メートル程あるフレスヴェルグと同じくらいの大きさがあった。

「だがしょせんは見かけ倒しの魔法だ！　そのような脆弱な光を振り払い、私を認めないこの国の奴らを始末しろ！」

空間の裂け目はほとんど広がり切り、フレスヴェルグはこの世界に侵入しようとしていた。

だが神聖極大《セイクリッドオメガ》破壊魔法《ブラスト》がフレスヴェルグの侵入を許さない。

聖なる光球がフレスヴェルグと激突すると、激しい爆発が起こった。

俺はその光景を見届けた瞬間、魔力を大量に消費したことによって、思わず膝をついてしまう。

これ以上は魔法を使うことはできないな。後は神聖極大《セイクリッドオメガ》破壊魔法《ブラスト》の威力を信じるだけだ。

俺は爆発が起きた場所に目を向ける。

「くっ！　何をしている！　早くこいつらを皆殺しにしろ！」

グラザムは喚き散らし、フレスヴェルグに命令していた。だが爆煙が晴れた後、そこにはフレスヴェルグはおろか空間の裂け目すら見えなかった。

「はっ？　はぁぁぁぁっ⁉」

グラザムが突然素頓狂《すっとんきょう》な声を上げる。

どうやら目の前の現実を受け入れられないようだ。

「ちょ、ちょっと待て！　どこに隠れているんだ？　遊びはいらないぞ」

グラザムは周辺に目を向けるが、フレスヴェルグの姿はどこにもない。

「私の命令が聞けないのか！　は、早く出てこい！　そして高貴な私を守れ！」

だがその声は周囲に木霊《こだま》するだけで、反応するものは誰もいなかった。

「ふざけるな……ふざけるなふざけるなふざけるなふざけるなぁぁっ！」

グラザムはフレスヴェルグの姿が見つからず、喚き始める。

俺は立ち上がり、ゆっくりとグラザムのもとへ向かった。

「驚いたり狼狽えたり喚いたりと、忙しい奴だな」

「き、貴様ぁっ！　フレスヴェルグをどこにやった！」

「さあ？　地獄にでもいるんじゃないか？　過去にたくさんの人間を殺した罪で」

「これは何かの間違いだろ？　フレスヴェルグはSランクの魔物だぞ？　たった一人にやられるわ

けがないじゃないか」

「Sランクの魔物とかそういうのはわからないけど、俺の魔法で死んだのは間違いないな」

「と、ということは……お前は一人でSランクの勇者パーティーの実力があるということか……ひぃぃぃぃっ！」

グラザムは悲鳴を上げて尻餅をつく。

「さて、覚えているか？　フレスヴェルグを倒したら次はお前だって言ったことを」

「お、覚えていません」

「いや、俺は覚えているぞ。覚悟しろよ」

「ぎゃぁぁっ！　だ、誰か助けてくれ！」

グラザムは恐怖から叫び始める。

その姿は威厳の欠片もなく、これが王族だとはとても思えない。

「お前は私欲のために国家を乱し、国民を苦しめた。そしてリズを無理矢理嫁にしようとしたことは絶対に許さん」

「ユート様……」

俺は右手に力を入れて拳を握る。

「ま、まて！　そ、そうだ。私の味方をしてくれるならお前を侯爵に取り立ててやろう。どうだ？女には不自由しないし、一生遊んで暮らせるぞ」

「見下げ果てた奴だ。悪いことをしても反省する気が全くないな。お前によって人生を狂わされた者の痛みを味わうがいい！」

俺はグラザムの顔面に拳を放つ。

するとグラザムは後方にぶっ飛び、地面を転がった。

「い、いひゃい……」

くっ！　魔力が空っぽで力が入らなかったため、威力が弱まってしまったか。だがとどめは俺より相応しい人がいるから任せよう。

グラザムが吹き飛んだ先には、俺より怒りに震えるリズがいた。

「リ、リズリット……このままでは殺される。助けてくれ……私達は同じ王族じゃないか」

グラザムは恥も外聞も捨てて、リズに助けを求める。

「同じ王族ですか……それは心外ですね。国民を苦しめたあなたと同じにしないでほしいです」

「そんなこと言わないでくれ。昔の優しいリズリットはどこにいったんだ」

グラザムが情に訴えてきた。

さすがに昔からの知り合いだからわかってるな。

リズは優しいから情に訴え続ければ、もしかしたら許してくれるかもしれないと考えているのだろう。

だがその行動を許さない者達がいた。

「ちょっと離れてください。リズが汚れてしまいます」

「もしリズさんに何かしたら僕が許しませんよ」

二匹の頼もしき護衛、マシロとノアがグラザムの前に立つ。

「ね、猫と犬が喋っただと！」

「うるさいですね。そんな些細なことはどうでもいいです」

些細なことではないけどな。いきなり動物が喋ったら普通は驚くぞ。

どうやらさっき魔法を使った時、マシロとノアが喋ったことにグラザムは気づかなかったようだ。

「それでリズ、どうする？　この男のことを許すつもり？」

俺の問いかけで、全員の視線がリズへと注がれる。

そしてリズが出した答えは……

「女神セレスティア様は仰いました。悪に染まった愚か者に天罰を与えよと」

「えっ？　えっ？」

リズは右手を振りかぶり、グラザムの頬に向かって、おもいっきり平手打ちを放った。

「ぶげっ！」

グラザムはリズの平手打ちをまともに食らい、その場に崩れ落ちる。そして意識を失い、そのまま地面に倒れた。

「それでいいです」

「リズさんの一撃にスカッとしました」

マシロとノアが満足げに頷く。

こうして俺達はフレスヴェルグを倒し、反逆者であるグラザムを捕らえることに成功した。

第七章

「ふう……これで終わったな」

俺は疲労感を感じ、地面に寝っ転がる。

国王陛下と王妃様を救出してリスティヒとグラザムを捕縛し、フレスヴェルグを倒すことができた。任務達成だ。

それにしても神聖魔法ってヤバい魔法だな。

以前から属性魔法と比べて強いなと思っていたけど、Sランクの魔物を一撃で倒せるとは思わなかった。

セレスティア様もとんでもないものを授けてくれたものだ。

神聖魔法の使い方に関しては、ちょっと考えた方がいいかもしれない。

けどそのことは後にして、今はこれから始まるスローライフに胸をときめかせることにしよう。

「ユート様～」

リズが満面の笑みを浮かべながら駆け寄ってきた。

俺はリズを迎えるため立ち上がり、手を広げる。

するとリズは胸に飛び込んできたので、そのまま抱きしめた。

「お身体は大丈夫ですか？」

「大丈夫……と言いたいところだけど、さすがにちょっと疲れたな」

「それではすぐに城で休めるよう手配いたします」

「ありがと」

リズを抱きしめていると、ようやく全てが終わったんだと実感できた。

もしかしたらこの手の中にあるものを守れなかったかもしれないと思うとゾッとする。

リズを導いてくれたセレスティア様には本当に感謝だ。

「ユート様がお疲れなのも仕方のないことです。あの伝説の魔物であるフレスヴェルグを倒したのですから」

リズは興奮した様子で語りかけてくる。

まあ無理もないか。自分で言うのもなんだけど、ムーンガーデン王国の初代国王が封印した魔物を倒してしまったんだ。

子孫であるリズには何か思うところがあるのかもしれない。

「ムーンガーデン王国では初代国王がフレスヴェルグを封印した話は誰もが知っています。その伝説の魔物を倒したユート様は、英雄として迎えられるでしょう」

英雄か。その称号には誰もが憧れるところだけど……

「え～と……そのことだけど。フレスヴェルグの件はなかったことにできないか？」

「えっ？　どうしてですか！」

「俺の魔法は少々特殊だから。それに俺は英雄になりたいわけじゃない」

「そう……ですか。ユート様がそう仰るのなら」

リズは言葉では納得していても表情では納得していないって感じだな。

「だから今起きたことは俺達だけの秘密だ」

「わ、私達だけの秘密ですか……わかりました。命に替えてもこのことは誰にも話しません」

「いや、命がかかってたら話してもいいから」

真面目なリズらしい回答に、俺は苦笑してしまう。

「とりあえずグラザムを連れて、城に戻ろうか。リズも早く国王陛下と王妃様に会いたいだろ？」

「はい」

こうしてリズの口止めに成功し、俺はグラザムを連行するために縄で縛りつけようとしたが……

「リズリット王女！　ユート！」

突如大きな声が聞こえると、西門の方からレッケさんが猛スピードで走ってきた。

「も、もしかしてあの化物を倒したのか!?　巨大な光の球が化物を消滅させるのを見て、慌てて戻ってきたんだが」

俺とリズはレッケさんの様子を見て顔を見合わす。

「いきなり秘密じゃなくなったな」

「そうですね。レッケ騎士団長には後でお仕置きせよとセレスティア様は仰っています」

セレスティア様がそんなことを言うのか？　もしかしてリズは自分の意見を押し通すために、セレスティア様の名前を使ってるんじゃ。そんな疑問が頭を過《よぎ》ったが確認する方法はない。

とにかくレッケさんにもフレスヴェルグを倒したことを口止めしとかないとな。

「あの～レッケさんにお話がありまして」

「ムーンガーデンの英雄の願いだ。なんでも言ってくれ」

「俺がフレスヴェルグを倒したことは他の人には秘密にしてもらってもいいですか？」

「な、何故だ！　初代国王様が封印した魔物をユートは倒したんだぞ！　富も権力も思いのままだ。若い女性からもキャーキャー言われてモテモテだぞ」

「わ、若い女性から……ゴクリ……」

レッケさんの言葉を聞いて少し考えが揺らいでしまう。だがそう思ったのは一瞬だけだ。

「ユート様……レッケ騎士団長……お二人は何を考えているのですか」

リズは笑顔で問いかけてくるが、目が笑っていない。どこか殺気を感じるのは気のせいではないだろう。

「お、俺は邪《よこしま》なことなんか考えてないぞ、うん」

「私は一般的なことを述べただけで、よからぬことを考えていたのはユートだけです」

「えっ！」

このおっさん……リズが怖いからと言って俺を切り捨てやがったな。

「ユート様、そうなのですか？　もし肯定するならセレスティア様がお仕置きせよと言っています」

「本当に⁉　それってリズが決めているんじゃ……」

俺は思わずさっき考えていたことを口に出してしまった。

「ユ、ユート様は私の神託を疑うのですか？　悲しいです」

だけど今リズは口ごもったぞ。

真面目な子だと思ったのに意外にちゃっかりしているのか？　でもそんなところも少し可愛らしく思えてしまうなんて、これもリズの魅力なのかもしれない。

「ユート貴様！　リズリット王女を悲しませるとは何事だ！」

そしてこの人は本当に最低だ。俺はこれから絶対に信用しないと心に誓う。

だけど今はそのことよりリズをなんとかしなければ。

「俺はレッケさんみたいに不埒《ふらち》なことを考えてないぞ」

このまま自分だけ助かろうしているレッケさんを俺は逃がしはしない。

「そうなのですか？」

「な、何を言ってるのかなユートは。騎士団長ともあろうこの私が、そのような邪な考えを持つはずがない」

「リズ、俺を信じてくれ！」

無実を訴えるために、俺はリズの目をまっすぐと見つめる。リズは人がいいから、心を込めて話せばきっとわかってくれるはず。

だけど俺はこの時気づいてしまった。リズの可愛らしい顔に。

しかも身長差があるため、リズは上目遣いで俺を見ている。

こんなの反則だろ？　美少女の上目遣いって！　これでリズのことを可愛いと思わない男など、この世界のどこにもいないだろう。

なんだかリズに見られていると俺の方が恥ずかしくなってきた。

そのため俺は思わず目を逸らしてしまう。

「やはりユート様は邪なことを考えていらっしゃったのですね」

「いや、これは……」

「これはなんでしょうか。嘘をついていたからいたたまれなくなって、目を逸らされたのですよね？」

「ち、違う！　これはその……」

「そうです！　きっとリズリット王女のことも、舐めるような視線で見ていたに違いない」

もういいからおっさんは黙れ。

こうなったら正直に言うしかないか。恥ずかしいけど邪な考えを持たれているると思われるよりはマシだ。

「リ、リズが可愛すぎるから……まっすぐ見ることができなかったんだ」

「かか、可愛い⁉」

「そうだよ」

「そ、そうですか……それならし、仕方ないですね」

「これで俺は無実だってわかってくれたかな」

「はい。セレスティア様もユート様は邪な感情を持っていないと仰っています」

完全に邪な感情を持っていないというわけじゃないけどね。

だけど余計なことを口にして、リズの怒りを買うのも嫌だから黙っていよう。

「ちなみにセレスティア様はどんなお仕置きを考えていたのかな？」

純粋に興味があるのと、もしリズの怒りを買ったらどのような目にあうのか知りたくて聞いてみた。

「え～と……その～」

まさか知らされていなかったのか？　これはますますセレスティア様の神託ではない可能性が高くなったな。

「そうです！　食事の際におかずを一品少なくするとか、おでこにデコピンをするとかですね。あとは私に耳かきをされるとか……と、とにかく色々です」

なんだか御褒美も入っている気がしたけど気のせいか？　しかもお仕置きも可愛らしいものば

かりだ。これじゃあむしろ邪なことを考えたくなってしまうぞ。

「そろそろいいですか？　早く城に戻りましょう。お腹が空いてしまいました」

「ああ」

「マシロちゃんごめんなさい」

マシロが間に入ってきたことで、この話は終わりのようだ。

「発情するのもいいですけど、時と場所をわきまえてください」

「発情してないから」

「いいえ、聖獣である私の目は誤魔化せませんよ」

「ユートはリズリット王女のことを発情した猫のように見ていました」

「ユート様……」

レッケさんの言葉を聞いて、リズがまた圧のある笑顔を向けてきた。正直恐ろしくて背筋が凍るからやめてほしい。

そしてこの駄猫は俺に冤罪をかけてきやがった。勝手に人の気持ちを代弁するのをやめてくれ。

だけど問題はそこじゃない。

リズがマシロの言葉を信じてしまったことだ。猫好きのリズにとってマシロの言葉は絶対だからな。

「ユート様……信じていましたのに」

もうこれはダメだ。何を言っても俺の言うことは信じてもらえなさそうだ。

それなら俺のできることは一つ。

「あっ！　あれはなんだ！」

俺は東の空を指差す。

すると全員そっちに目を向けた。

「今だ！」

俺はその隙をついて一気に西門へと走り出す。

ここに残っても弁護士のいない裁判にかけられるだけだ。それなら逃げるしかないだろう。

「あっ！　ユート様！　マシロちゃんノアちゃん追ってください」

「仕方ないですね。新鮮な魚三匹で手を打ちましょう」

「わ、わかりました」

こうして俺は冤罪をかけられて、追いかけてくるマシロとノアから逃れるために、急いでこの場から脱走した。


リズから逃げて城に戻ると、俺は一人の兵士に話しかけられた。

「国王陛下より、ユート様は城に泊まっていただくよう、お言葉を賜《たまわ》っています。どうぞこちらへ」

「わかりました。でもちょっと待っててください」

少し時間が経つと、俺を追いかけていたマシロとノアが追いついてきた。

「部屋が準備されているみたいだから行くぞ」

「ニャ～」

「ワン」

さすがにリズは俺達のスピードにはついてこられなかったようだ。

とりあえずほとぼりが冷めるまで、リズには会わないでおこう。

二人も俺に何かする様子はなく、素直に後ろについてきていた。

「こちらがユート様のお部屋になります」

兵士が部屋の前まで案内してくれた。

すると突然、後ろにいたマシロとノアが俺を追い抜き、爪を立ててドアをカリカリし始めた。

「えっ？　二人ともどうしたんだ？」

突然の奇行に俺は驚いてしまう。だがその理由を兵士が教えてくれた。

「ははっ……おそらく部屋の中に用意されているご飯に気づいたのでしょう」

「そういうことですか」

俺はすぐに部屋のドアを開けてあげる。

「ニャニャッ！」

「ワオーンッ！」

するとマシロとノアは一目散に部屋の中へと入っていった。

やれやれ。食い意地の張った聖獣と神獣だぜ。

今思うと旅をしていたメンバーは全員、食欲が旺盛だったな。

「では私はこれで失礼します」

「案内していただきありがとうございました」

俺は案内してくれた兵士に頭を下げる。

部屋の中に入ると、すごい勢いで食事をとっている二人の姿が見えた。

「さすがは王都と言わざるを得ませんね。はむはむ……この魚、すごくおいしいです」

「こっちの肉もはむはむ……最高ですよ」

「もうずっとここに住みたい気分です」

どうやらマシロもノアもおいしい食事にご満悦のようだ。

本当に二人は頑張ってくれたから、気が済むまで食べてほしい。

でも二人がおいしそうに食べるからお腹が減ってきたな。

俺もご飯をいただくとするか。

そして俺も二人に交じってご飯に手をつける。

「確かにマシロとノアの言うとおり、すごくおいしいな」

まあ俺はグルメという程ではないから、なんでおいしいのかわからないけど。

調理方法がいいのか、それとも新鮮なのか、もしくはそもそも材料が違うのか。ともかくおいしいことに変わりはない。

そしておいしい食事を終えた後、俺達はお風呂に入り、幸せな気持ちでベッドで眠るのであった。


翌日の午前中。

何故か俺はローレリア城の玉座の間で膝をついていた。

えっ？　えっ？　どういうことだろう。なんで俺はこんな所に呼び出されたんだ？

早朝に突然メイドさんが部屋を訪ねてきたかと思えば、そのまま玉座の間に連れていかれてしまった。

玉座の間に連れていかれるまでは理解しよう。

でもなんでこんなに人が少ないんだ？

玉座の間には国王陛下と王妃様、そして二人の横に控えているリズとレッケさんしかいない。

普通国王陛下を守るために兵士とかいるんじゃないのか？

もし俺が暗殺者だったらどうする気なんだ。

ともかく今は考えるのはやめて、目の前の状況に対処するとしよう。

ちなみにマシロとノアはまだベッドの中で寝ていて、この場にはいない。

「ユートよ。面《おもて》を上げい」

国王陛下の重厚な声が玉座の間に響く。

俺は命令に従い、顔を上げた。

すると国王陛下と王妃様、リズにレッケさんの姿が目に入った。

よかった。国王陛下と王妃様は元気そうだな。

昨日助けた時は顔色も悪く心配していたが、今は特に問題なく見える。それと今日のリズはドレスを着ている。こういう姿を見ると、改めてリズは王女様なんだと実感してしまう。

「私はゲオルク・フォン・ムーンガーデン。そして横にいるのは王妃のアリーセだ」

「俺……私はユートと申します」

なんだか息苦しく感じるのは気のせいか？　もしかしたら褒賞でももらえるのかと思ったけど違うように感じる。これは兵士達がいないことに何か関係しているのだろうか。

俺は少しビクビクしながら周囲の様子を窺う。

「あなた……お遊びはそろそろ止めたらどうですか？」

何が起きるのかと恐れていた俺だが、王妃様の声で重苦しい空気が霧散した。

えっ？　えっ？　どういうこと？

俺はわけがわからず混乱していると、国王陛下が理由を教えてくれた。

「せめて最初くらいはちち……いや、国王として威厳を持って話したいと思っただけだ。ユートよ、楽にしてくれて大丈夫だ。むしろ頭を下げなければならないのは私の方だからな」

「あ、はい……」

俺はわけがわからず、とりあえず立ち上がる。

そういえば前に、リズから国王陛下は国民を優先する人だと聞いていた。そのような人が怖いはずがないよな。

俺は緊張が解けて、安堵のため息をつく。

国王陛下と王妃様が玉座から立ち上がり、こちらに向かってくる。

そして俺の手を取ると涙を流し始めた。

「レッケから全てを聞いた。ユートよ。国を取り戻してくれて、国民を救ってくれてありがとう」

「リズを逃がした時にはもう二度と会えないと覚悟していました。あなたの勇気ある行動に感謝します」

「いえ、全てはセレスティア様のお導きがあったからです」

「それでも私達は君に感謝している。何かお礼をしたいのだが、望む物はあるか？」

「望む物……ですか……」

いきなりそんなことを言われても困る。

だけどマシロとノアがいなくて正解だったな。

もしいたら絶対に新鮮な魚と骨付き肉がほしいと言っていただろう。

だけど本当にほしいものが思いつかないぞ。俺ってそんなに物欲がなかったんだな。

そのような中、レッケさんがとんでもないことを口にした。

「ユートにピッタリの褒賞を思いつきました」

「おお！　それは何か教えてくれないか」

レッケ騎士団長が思いついた俺への褒賞か。なんだか嫌な予感がするのは気のせいだろうか。

そしてその予感は見事に的中する。

「長年我が国で不在になっていた軍の最高司令、元帥の地位などどうでしょうか？」

「えっ！」

この人とんでもないことを言ってきたな。やはり信用できないぞ。

「国王陛下と王妃様を救出した作戦は見事でした。そしてフレスヴェルグを一人で倒す実力者……ユートのためにある地位だと思いませんか？」

あれ？　国王陛下はフレスヴェルグのことを聞いても驚いていない。そういえばさっきレッケから全て聞いたって言ってたな。まあ国王陛下はレッケさんの主だから報告しないわけにはいかないか。ともかくこれ以上広めるのはやめてほしい。

「それはいい！　ではユートには元帥の地位を授けよう」

「いや、ちょっと待って！」

「どうだユート。元帥といえば軍で憧れの地位だ。私に感謝してくれてもいいぞ。ガーッハッハッハ！」

この人達俺の話を聞いてないよ。

まずいぞ。このままだと本当に元帥にされてしまう。そんな面倒くさい地位なんていらないよ。

「二人とも落ち着きなさい！　ユートくんは嫌がっているのがわからないの？」

「お、王妃様……」

さすがリズの母親である王妃様だ。国王陛下とレッケさんの暴走を止められるのはあなたしかいない。

「あなた、ちゃんとユートくんのことを考えて褒賞を決めてあげて。望まない褒賞を国王に押しつけられるなんて可哀想よ」

「はい……すみません」

「そしてレッケ騎士団長。あなたの願望をユートくんに押しつけるのはやめなさい」

「わ、わかりました。申しわけありません」

見事にこの場を収めてしまった。なんだか王家の力関係を見た気がする。

王妃様……俺はあなたについていきます。

俺の中の王妃様への信頼度が爆上がりした。

これからもし二人が暴走したら王妃様を頼るとしよう。

「それでユートくん。実は私もユートくんへの褒賞を思いついたの。聞いてくれる？」

「はい」

王妃様はレッケさんと違って常識人っぽいし、きっといい案を出してくれるだろう。

俺は期待の眼差しを王妃様へと向ける。

だがその期待は間違いだったとすぐに気づいてしまった。

むしろ王妃様の方がレッケさんの案より酷かった。

「ユートくん、ムーンガーデン王国の王様にならない？」

えっ？　王様？　俺が？　この人は何を言ってるんだろうか。開いた口が塞がらないぞ。

それは俺だけじゃなく、他の人も同じだった。

「お、お母様……何を仰っているのですか」

「リズは黙ってなさい。全てはあなたのためよ」

「私のため？」

全く意味がわからないぞ。何故俺が王様になるとリズのためになるんだ？

「王妃よ。さすがにそれは無茶ではないか」

「私も国王陛下の仰るとおりだと思います」

よかった。おかしいと思っているのは俺だけじゃなかった。

まともだと思っていた王妃様が、一番ぶっとんだ考えを持っている人だとは思わなかった。

とにかく王妃様の提案を断るとしよう。

「確かに突然ユートくんが王位を継承することはできないわ。クーデターでも起こさない限りね」

「ま、まさかユートはクーデターを起こして私の王位を奪うつもりなのか！」

「そんなことしません！」

とんでもないことを言ってくるな。勝手に俺を反逆者にしないでほしい。

「はあ……やれやれだわ」

王妃様は呆れているのかため息をついていた。

ため息をつきたいのはこっちの方なんだが。

「ユートくんが王位を継ぐ方法ならもう一つあるじゃない」

そんな方法があるのか？　俺以外の人達もわかっていないように見える。

すると王妃様は、さらにとんでもないことを口にし始めた。

「リズと結婚すればいいのよ。そうすれば王族の一員になるし何も問題ないわ」

問題ありまくりだろ！　この人は何を言ってるんだ！　王位を継承するために結婚なんて……それはリズにも失礼だ。

「さすがは王妃様！　素晴らしいお考えです！　ムーンガーデン王国の宝と呼ばれたリズリット王女と英雄の婚姻。リスティヒによって乱された王国にとっては、復興の励みになるでしょう」

「レッケ騎士団長はわかってるわね」

「いや、本当に待ってください！」

「そ、そうですよお母様！　私とユート様はそのような関係では……」

「そうなの？　二人はとても仲がよさそうに見えるけど」

仲はいいとは思っている。だけど恋人とかそういう関係じゃない。王妃様も考え直してくれるといいけど。

王妃様もレッケさんも何か勘違いしているけど、もう一人の人物も二人と同じ様に激しく誤解していた。

突然俺の肩に誰かの手が置かれる。

「ユートよ。リズとどういう関係なのか私の部屋でじっくり教えてくれないか」

国王陛下は冷静に問いかけてきたように見えたが、全然冷静じゃなかった。

俺の肩に置かれた手に少しずつ力が入ってくる。そして明確な殺気がこちらに向けられていた。

痛い痛い！　俺は何もしてないのに、なんでこんな扱いをされなきゃならないんだ。

「わ、私達はムーンガーデン王国まで一緒に旅をした仲間で……」

「二人だけでか！」

「いえ、マシロとノアも一緒でした」

「マシロとノア？　あの猫と犬か。動物は数に入らないだろう」

確かにそのとおりだが、あの二人は聖獣と神獣だから普通の動物とは違っていて……そんなことを説明しても理解してもらえるかな？　こんなことならマシロとノアも連れてくればよかった。

だけど国王陛下は話せばわかってくれるはずだ。

俺は誠心誠意これまでのことを伝えようとしたが、リズが話さなくてもいいことを口にし始めた。

「私達は別にやましいことなどしていません。そうですよね？　ユート様」

「うん」

「ユート様にはお姫様抱っこをしていただいたり、同じ部屋で寝たりすることもありましたが、不埒なことは一つも……もごもご」

俺は慌ててリズの口を手で塞いだ。

なんでこの子は余計なことを言っちゃうの！　わざとか？　ねえわざとだよね？

俺の肩に置いてある国王陛下の手に、ますます力が入ってきた。

これ以上リズに喋らせるのは危険だ。もし裸を見たことを知られれば、俺はここから生きて帰ることができないだろう。

「貴様！　リズにお姫様抱っこ……だと……私でもしたことがないのに……」

「奥手だと思っていたけどやるわね。さすが私の娘だわ」

国王陛下は怒りに震え、王妃様は喜びに震えていた。

「しかも同じ部屋に泊まった……だと……先程やましいことはないと言っていたがあれは嘘だったのか！」

「いえ……ですから部屋にはマシロとノアもいて……」

「動物は数には入らないだろ！　未婚の女性……しかも王族の姫と二人っきりで同じ部屋に泊まることの意味がわかっているのか！」

「ど、どういうことでしょうか？」

俺は恐怖に震えながら問いかける。

「もう嫁に出すことができないということだ」

「えっ？　私は結婚することができないのですか」

俺の手を潜り抜け、リズが悲しそうに問いかける。

王族にはそんなルールがあったのか！　さすがに異世界の王族の常識なんて知らなかったな。

全員が全員ではないけど、結婚を夢見る女の子はたくさんいると聞く。

落ち込んでいるリズを見ると、なんだかすごく申しわけないことをしてしまった気持ちでいっぱいになってしまう。

すると王妃様が悲しみでうつむいているリズに寄り添った。

「辛いわね。でもその気持ちはわかるわ。リズの夢が一つ消されてしまったから」

「お母様……」

「くっ！」

王妃様の言葉が胸に突き刺さる。

良心の呵責《かしゃく》に押し潰されてしまいそうだ。

「でもね。一つだけその夢が叶う方法があるわ」

「ほ、本当ですか？」

「ええ。その方法は……ユートくんに責任を取ってもらうことよ」

「ユート様に責任を？」

「そうよ。責任を取ってユートくんのお嫁さんにしてもらうの。そうすればリズの夢は守られるし、ユートくんはいずれこの国の王になることができるわ」

「ちょっと待ってください！」

「えっ？　何？　ユートくんは責任の一つも取れない男の子なの？　お姉さんガッカリだわ」

さりげなく自分のことをお姉さんと呼んだな。まあ王妃様が若くて美人さんなのは事実だけど。

「いや、こういうことで次の王を決めるのはよくないかと」

「貴様ぁぁっ！　リズのことが気に入らないというのか！」

国王陛下がさらに激昂し始めた。

あんたはどっちなんだ！　リズと二人っきりになった話をしたら文句を言うし、結婚に反対意見を言っても文句を言う。もう俺はこの夫婦がよくわからなくなってきたよ。

「ユート様と結婚……ですか。女神セレスティア様もこの婚姻を祝福してくださるようです」

「リズも結婚はセレスティア様の言葉じゃなくて、自分の意思で決めるべきだと思うぞ」

「そう……ですね。私はまだ恋愛とかよくわかりませんが、ユート様は素敵な方だと思っています」

「そうなの？　俺もその……リズは素敵な女の子だと思っているよ」

なんだか気恥ずかしい空気が流れている。

仕方ないとはいえ、俺は玉座の間で、しかも相手の両親の前で何を言ってるのだろうか。

「よく言ったわ！　次はほら、もっと近くによって。あなたもそうだったけど、男の子なんて上目遣いでボディータッチをすれば、コロリと落ちるチョロい生き物なんだから」

チョ、チョロいって。

でも確かに俺も上目遣いのリズの魅力にやられそうになったことがあるから何も言えない。

それにしても若かりし国王陛下はチョロかったのか。それとも男なんて王妃様の言うとおり、チョロい生き物というわけなのか。

俺はチラリと国王陛下に視線を向ける。

「な、なんだ？　私は決してチョロくないぞ。そう、チョロくないのだ。母さんが魅力的すぎたのが悪いんだ」

国王陛下は突然惚気始めた。リズの両親はすごく仲がいいんだな。だけどそれは自分達だけがいる所でやってほしい。

「と、とにかくこの話はもう終わりだ。私はリズを嫁に取らせることも、王位を継がせることも考えていない」

「えっ？　でも未婚の女性がって話は……」

「我が国にはそのような決まりはない。個人的にはよくないことだと思っているが」

ん？　声が小さくて後半は国王陛下が何を言ってるのか聞こえなかった。でもこれで責任問題はなくなったということか。

けど未婚の女性が男と同じ部屋で寝たら嫁に出せないという決まりがないなら……

俺は目を細めて訝しげな視線を王妃様に送る。

「あら？　そうだったの。私、勘違いしていたみたいね」

王妃様の目が泳いでいる。これはわかっていて俺をからかっていたということか。

「褒賞の話は後日決めましょうか。そ、そんなことよりあなた……重要な話があるのよね？」

「うむ。実は今日は褒賞の話とは別にもう一つ、ユートに聞きたいことがあったのだ」

突然国王陛下が真剣な表情をする。そして語った内容は俺も違和感を覚えていたものだった。

「リスティヒとグラザムのことだ。あの二人は何がやりたかったと思う？　レジスタンスやユートの活躍で国を取り戻すことができたが、高額な税を課し、王族や一部の貴族が好き勝手していたら、いずれクーデターが起き、国が滅びるのは間違いないだろう。だが牢獄にいる二人に話を聞いても、何も言わないのだよ」

確かに国王陛下の仰るとおりだ。まさかあそこまでやっておいて政権を維持できるとは思っていないだろう。さすがにそこまでバカではないはずだ。

だけどあの二人を見ていると、そんなバカなこともやりかねない気もする。

そういえば逃げたグラザムに追いついた時、おかしなことを言ってたな。あれは確か……

「グラザムが気になることを口にしていました。元よりこの国は滅びる運命だったのだと」

「なんだと！　その言葉を額面どおりに受け取ると、グラザムは国が滅びるのを予言していたと言うわけか」

そんな予言をしたところでどうするつもりだったんだ？　仮にも王子だったグラザムがその滅亡を受け入れるとは到底考えられない。国が滅亡したら王子という地位もなくなるのだから。

いや、待てよ。もし最初から王子という地位に固執していなかったらどうだ？

そう考えると思い当たることがあるけど。

「少しお聞きしたいことがあるのですが、リスティヒやグラザムは他国の方と頻繁に会ったりしていましたか？」

「それについては私が答えよう」

レッケさんが前に出る。

「レジスタンスとして活動していた際に奴らの動向を探っていたが、帝国の者と何度か会っていたのを目撃している。ただなんのために会っていたのかはわからずじまいだったが」

「そうですか。ありがとうございます」

帝国の人間と会っていたか。

でも俺が見た限りだと、グラザムは王子の地位を欲しがっているように見えたからなぁ。

ある推測は立てられたけどやっぱりよくわからないや。これは本人に聞いてみるしかないんじゃないか。

「何かわかったのか？」

考え込んでいる俺に、国王陛下が問いかけてきた。

「いえ、さっぱりわかりません。もしよろしければ二人に直接話を聞いても構いませんか？」

「さっきも言ったように二人は何も喋らないようだ。それでもいいならユートの好きにするがよい」

「ありがとうございます」

「レッケ、ユートを牢獄まで案内してくれ」

「はっ！　承知しました！」

「私も行きます」

俺とリズはレッケさんの後に続いて、城の地下にあるという牢獄へと向かう。

五分程歩いていると一つの扉の前にたどり着く。そこには二人の兵士がいた。

「これはレッケ騎士団長、それと……リズリット様⁉」

兵士はリズの姿に気づくと、突然背筋を伸ばし始めた。

「このような場所になんのご用でしょうか」

「リスティヒとグラザムに会いに来たのだ。通るぞ」

「はっ！　どうぞお通りください！」

兵士二人が扉を開ける。中は薄暗く、下層へ向かう階段が見えた。

「リズ、手を」

「はい。ありがとうございます」

ドレス姿では、暗い中で階段を降りるのは辛いだろう。もし転んだりしたら大変だ。俺はリズの手を取り、階段を降りていく。

するとレッケさんが笑みを浮かべながら、チラチラとこちらに視線を送ってきた。

「なんですか？　そんな後ろばっか見ていると転びますよ」

「いや、ユートは優しいなと思って見ていただけだ」

「そうですね。ユート様はとてもお優しいです」

俺がリズの手を取ったから、レッケさんはこちらに視線を向けてきたんだ。なんだか親戚のおじさんに冷やかされているようで嫌だな。

そしてリズはたぶん、そんなことわかってないんだろうな。

「リズはドレスを着ているから歩きにくいだろ。暗いし気をつけて」

「はい。それとユート様……どうですかこのドレスは？」

リズのドレスは真っ白だったため、頼りない明かりのもとでもハッキリと見ることができた。

「リズに似合っていて、とても可愛いよ」

「本当ですか？　ありがとうございます」

白ってまるで純真なリズを表しているようで、お世辞抜きに似合っていると思う。リズも褒められて嬉しそうだし何よりだ。

しかし前を行くレッケさんが、ニンマリと笑みを浮かべていて腹が立つ。こっちを見ないでほしい。

「そういえばレッケさん。俺がフレスヴェルグを倒したことを国王陛下に言いましたね？」

秘密だって約束したのに。

「主君に報告しないわけにはいかないからな。他の者には伝えるつもりはない」

「そうですか。これ以上は本当に言わないでくださいよ」

「承知した」

レッケさんの視線を無視しながら地下に行くと、一つの牢獄の前にたどり着いた。

「誰だ。何度来てもお前達に喋ることなどないぞ」

「くそっ！　ここから出せ！　高貴なる私を牢獄に閉じ込めるなど、許されぬことだぞ！」

どうやらリスティヒは落ち着いているが、息子のグラザムは見苦しく喚いているようだ。

「貴様はリズリットとレッケ……そして……」

「ちちち、父上！　こいつだ！　こいつがフレスヴェルグを一撃で倒した化物だ！」

「化物とは失礼だな。どうだ？　牢獄の居心地は？」

「いいわけないだろ！」

挑発に対してグラザムは騒いでいるけど、リスティヒは変わらず冷静だな。もしかして生きてここから出ることを諦めているのか？　それとも……

「こんな小僧のせいで負けるとはな。まさかとは思うが国王救出より先に城を奪還する作戦もこの小僧が考えたのか？」

「そうだと言ったらどうする？」

「私の野望を打ち砕いた奴が目の前にいて、腸《はらわた》が煮え繰り返る思いだ」

冷静だったリスティヒから殺気を感じる。どうやら本当に腹を立てているようだ。

「それじゃあ今度はこっちから質問させてもらう。グラザムが、元よりこの国は滅びる運命だったと言っていたけど、あれはどういう意味だ」

質問するとリスティヒは僅かに苛立ちを見せた。余計なことを口にしたグラザムに怒りを感じているといったところか。

「知らんな」

「グラザムは？」

「わ、私もなんのことかわからない。そもそもそのようなことを口にした覚えはないが」

一瞬グラザムが動揺したのがわかった。やはり何か隠しているな。

「どうしても喋る気はないのか？」

「くどいぞ。私は何も知らん」

「そんなことより早くここから出せ！」

どうやら普通に聞いただけでは話してもらえないようだ。

それなら……

「ユート様、どうされますか？」

「一筋縄では行かなそうだな」

「まあこうなることは想定済みだ」

様子を見る限り、リスティヒは口が堅そうだ。狙うならグラザムの方だな。

「二人共ちょっと下がっててもらえるかな」

「わかりました」

「何をするつもりだ？」

「見ていればわかると思います」

リズとレッケさんを降りてきた階段の所まで下がらせる。

そして俺は両手を前に突き出し、魔力を集める。

「こ、こんな所で何をしているんだ……」

「ま、まさか魔法を使う気なのか」

俺の行動に初めてリスティヒが動揺を見せた。

「そういえば言ってなかったけど、俺はやられたことに対しては倍以上で返さないと気が済まないんだ。フレスヴェルグを使って俺を殺そうとしたことは忘れてないからな」

「何を言って……」

これ以上話をすると魔力を集めることに失敗してしまうので、魔法を放つことに集中する。

高密度の魔力を集めているため、俺の両手が輝き始めた。

そして俺は更に魔力を集めるため詠唱を口にする。

「女神セレスティアの名のもとにユートが命ずる……我が身、我が手に集い……」

「ちち、父上！　これはフレスヴェルグに放った魔法だ！」

「なんだと！」

「フレスヴェルグでさえ一撃で消滅したんだ。このまま魔法を食らえば私達は……」

リスティヒとグラザムはなんとかこの場から離れようとするが、ここは牢獄の中。逃げ場所などどこにもない。

慌てる二人の前で、俺はゆっくりだが詠唱を続けていく。

「神の一撃を以て……」

俺の口から発せられる言葉は、リスティヒとグラザムにとっては死のカウントダウンだ。

二人は自分の力では俺を止めることはできないと判断し、他者の力を乞うことにしたらしい。

「リズリット！　囚人に対してこのような暴挙が許されるのか！　早くあの小僧を止めろ」

リスティヒは必死の形相《ぎょうそう》で語りかけるが、リズは澄ました顔で答える。

「女神セレスティア様は仰いました。王国を破滅に追い込み、民に圧政を敷いた愚か者には、天罰が下るでしょうと」

「な、なんだと！　それならレッケ！　貴様が止めろ！」

「あ〜なんだっけか。女神セレスティア様は言った。国王陛下に逆らった馬鹿者には死が似合っていると」

リズとレッケさんの言葉を聞いて二人は絶望する。もうこの場には俺を止める者など一人もいない。このまま魔法が完成すれば、二人を待ち受けるのは死だけだ。

「わかった喋る！　喋るから魔法を止めてくれ！」

「なっ！　グラザム貴様黙らんか！」

「我が眼前にいる敵を破壊せよ……」

「うるさい！　父上はあの魔法を見ていないからそんなことを言えるんだ！　三十メートルはあったフレスヴェルグが一瞬で消滅したんだぞ！　あんなもの人が食らえば骨すら残らない。私は喋る！　だから助けてくれ！」

俺はグラザムの言葉を聞いて、両手に魔力を集めるのをやめた。すると魔力は霧散し、両手の光が消失する。

「今の言葉は本当だな？」

「ほ、本当だ！　全て話す！」

「グラザム！　これ以上私を失望させるな」

「父親はこう言ってるがどうする？」

「父上は関係ない！　ここで殺されるくらいなら知っていることを話した方がマシだ」

どうやら脅しが上手くいったな。やはり昨日、グラザムに魔法を見せていたことが大きかったようだ。

まあ、そもそも俺は、本気で魔法を放とうなどと思っていない。詠唱もゆっくり口にしていたし、こんな所で魔法を使えば地下は完全に破壊され、生き埋めになってしまうからだ。

とにかくこれで後はグラザムに真実を話してもらうだけだ。だけどその前に……

「レッケさん、リスティヒを別の所に連れていくことは可能ですか？」

「それは可能だが、どうするつもりだ」

「それは後でお話しします」

「わかった」

レッケさんの指示のもと、兵士達がリスティヒを別の場所へと連れていく。

そしてこの場には、グラザムだけが残った。

「さて、これでさっきの質問に答えてもらうけど、ここで話したことをこの後リスティヒにもするから。もし発言の内容が食い違えば……わかってるよね」

「は、はい！　もちろんです！」

今さら嘘は言わないとは思うけど、一応釘は刺しておく。

まあリスティヒは何も喋らない可能性が高い気がするけど、恐怖に駆られたグラザムには効果的だったようだ。

「なるほど。部屋を別にしておけば口裏合わせができないと言うわけか。相手が何を話しているかわからないから、嘘を話せばすぐにわかる。グラザムを脅している時も思ったが、ユートは拷問官としてもやっていけそうだな」

なんだかレッケさんに不名誉なことを言われているような気がするが、今はグラザムに集中しよう。

「それでは改めて聞くけど、昨日ローレリアの西側で、元よりこの国は滅びる運命だったたって言ってたけど、その言葉の意味を教えてくれないか？」

「そ、それは……」

「どうやら魔法を食らいたいようだな」

「ひぃぃぃっ！　話します！」

最初から素直に話せばいいものを。

俺達はグラザムの言葉を聞きもらさないように集中する。するとグラザムはポツリポツリと語り始めた。

「私は納得していないけど、父上は初めから国を治める気がなかったんだ」

「それではなんの目的でクーデターを起こしたのだ！」

レッケさんが怒りの声を上げる。

無理もない。国を奪う以外の理由でクーデターを起こされたんだ。王国に忠誠を誓っているレッケさんとしては、納得いかないだろう。

「もしかして国を荒らすことが目的だったんじゃないの？」

「よくわかったな。そのとおりだ」

やはりそうか。そう考えるとリスティヒの行動に説明がつく。

「父上はこのような小国の王になったところで、いつか必ず滅ぼされると言っていた。だから父上は帝国と――」

グラザムはクーデターを起こした理由を語り始める。その内容はやはり俺の思ったとおりのものだった。

「これが私の知っていることの全てだ」

「本当かどうかは、リスティヒに同じことを聞いてから判断する」

「な、なあ……素直に話したんだ。これで私の命は助けてくれるよな？」

「さあ？　俺にそんな権限はないから」

「貴様！　騙したのか！」

「騙す？　俺は魔法を放つことを止めただけで、お前を助けるかどうかについては何も言ってないけど」

「くうぅぅぅっ！」

グラザムはその場に崩れ落ちる。だけどグラザムの存在はもう俺には関係ないので、背を向けてこの場を立ち去る。

そして俺達はグラザムから聞いたことを、リスティヒにも問いかけてみた。

するとリスティヒは何も語らなかったが、真相の部分で目を見開いていたため、グラザムの話は信憑性が高いと判断した。

リスティヒとグラザムに聞きたいことを聞いたため、俺達は地上に戻り現状確認をする。

「国境ってまだ封鎖したままですよね？」

「国王陛下からはそう聞いている。だが本日中にも解除する予定だと仰っていたぞ」

「国境は封鎖したままでいるよう国王陛下に伝えてください」

「何か考えがあるのだな？　了解した」

「それとリスティヒの屋敷の家宅捜査をすぐにしましょう」

「そちらは私が担当します」

リズが返事をしたので、俺はノアを指し示す。

「ノアがいれば役に立つと思うから、連れていった方がいい」

「わかりました」

俺達はグラザムから聞いた話をもとに動き出した。

◇◇◇

時は遡り、ユートが国境を越えてムーンガーデン王国に入った頃。

バルトフェル帝国の街道にて。

勇者パーティーであるギアベル一行は、ゴブリンキングと再戦するため、カバチ村へと向かっていた。

「俺様完全復活！」

教会の枢機卿の力によって、ゴブリンキングにやられたギアベルの傷は完治していた。

「油断をしなければゴブリンキングなど俺の相手ではない」

「私も今度は始めから全力で戦うしぃ」

「私達の力を見せつけてやりましょう」

「ギアベル様の剣として、必ずやゴブリンキングを討ち取ってみせます」

ギアベルを始め、パーティーメンバーであるファラ、マリー、ディアンヌは今度こそはと気合いが入っていた。

「だがその前に英気を養うぞ。あの田舎の村でまたうまいものでも食わせてもらわないとな」

「こっちは魔物を倒してやるんだしぃ。私達に尽くすのは当然というか当たり前だしぃ」

「ファラの言うとおりだ。どうせあの田舎の村では俺達以外に頼れる奴などいないだろう。依頼料として、また金品を献上させるか」

「それはいい考えです」

ギアベル達は再びハイエナのように、村の財産や食料を奪おうとしていた。そして今のパーティーメンバーでは、そのことを諌めるものは誰もいない。

これまでの人生を好き勝手に生きてきたギアベルだが、ユートとの別れによって狂いが生じていることに、今はまだ気づいていなかった。

カバチ村へと到着したギアベル一行は、村長の自宅へと向かう。

すると村長の自宅前に、数人の中年男性達が集まっていた。

「おい村長。この俺様が来てやったぞ」

「え～と、あなたは勇者様ですか」

「そうだ。前回は体調が悪くてな。今度こそゴブリンキングを退治してやるから安心しろ」

「だけどその前にぃ……私達お腹が空いたっていうかあ」

「前回のように食料を提供してくれますか？」

「私達が全力で戦うためだ」

「それと報酬だが最初に提示した二倍払ってもらう。お前達も村が滅びてしまったら困るだろ？」

村長や村人達は、突然現れたギアベル一行の無礼な振る舞いに、唖然としていた。

「どうした？　早く宴の準備をしないか。ゴブリンキングを討伐してやらんぞ」

「お言葉ですが勇者様。ゴブリン達は既に討伐されています」

「ん？　今何か言ったか？　ゴブリンが討伐されたと聞こえたが幻聴か？」

「幻聴ではありません。我が村を襲撃したゴブリン達は既に討伐されています」

ギアベルは思わず村長に聞き返してしまった。だが幻聴ではないと知り、今度はギアベル達が唖然としてしまう。

「ゴ、ゴブリン達を倒した……だと……まさか他の勇者パーティーが来たのか!」

「いえ、一人の青年ですね。ゴブリンの巣まで潰してくれて。あの青年はこの村にとって救世主です」

「ゴブリンの巣にあった宝まで俺達にくれたからな。この村の復興に使ってくださいって」

「ああいう若者がいると、帝国もまだまだ捨てたもんじゃないって思えるよ」

ギアベル一行は村人達の言葉を信じられないといった表情で聞いていた。

「あのゴブリン達をぉ……一人でぇ」

「私には絶対に無理です」

「もしかしてその青年は我々四人より強いのでは……」

突き付けられた現実に三人は意気消沈してしまう。

先程はギアベルがいた手前、ゴブリン達に勝てると口にしていた三人だが、心の中では戦いたくないと思っていた。本気を出したところで、ゴブリンキングに勝てるイメージができなかったからだ。そのため、ゴブリン達が既に討伐されていると聞いた時、安堵する気持ちと、一人で討伐した青年には絶対に勝てないという確信を持ったのだ。

「誰だ……そのゴブリンを一人で倒したのは」

だがギアベルだけは違った。青年の活躍を聞いても、その実力を認めることはせず、むしろ自分の獲物を奪われたため、怒り狂っていた。

「え～とユートという名前だったな」

「ユートだと！」

「「ユート！」」

村長から予想外の名前を聞き、ギアベル達は驚愕の表情を浮かべる。

「あの役立たずがゴブリンキングを倒したというのか。ありえないな」

「私もそう思いますが、ユートが元々住んでいた地域はこの辺りだったと記憶しています」

マリーの言葉にギアベルは苛立ちを隠せず、地面に転がっていた石を思いっきり蹴り飛ばす。

「ほ、本当は他の奴が倒したのに、功績をユートが横取りしたんじゃないか？」

「ユートがゴブリンキングを倒したところは、何人もの村人達が目撃していました。間違いありません」

「そ、それなら実はユートが倒した魔物はゴブリンキングじゃなかったとか」

ギアベルはユートに負けたという現実から目を逸らすため、否定する理由を探し続ける。もしこれが真実なら、自分のプライドがズタズタになってしまうからだ。

「お疑いになるのでしたら、ゴブリンキングの素材があるので見てみますか？」

「そこまで言うなら確認してやろう」

そして村長の案内のもと、ギアベル一行は倉庫へと向かう。

「これがユートが討伐したゴブリンキングです」

倉庫には首のない巨大な魔物が横たわっていた。

「ふ、ふん！　これがゴブリンキングだと？　顔なしじゃあ証明することができないんじゃないか」

「首から上はこちらにあります」

村長が指差した棚の上には、ゴブリンキングの顔があった。

首だけという姿で不気味なこともあり、ギアベル達は恐怖を感じて後退る。

「ほ、本当にゴブリンキングだしぃ」

「私達が不調だと感じていたのは、やはりユートがいなかったせいなの」

「今思えば我々はユートが来る前は勇者パーティー候補止まりだった。そしてユートが来てから勇者パーティーになることができた。もしかして、ユートは無能ではないのか……」

ファラとマリーはディアンヌの言葉に黙り込んでしまい、辺りに静寂が訪れる。

「お前達……行くぞ」

ギアベルが感情のない声で、もうこの村には用はないとこの場を立ち去ろうとする。

だが、村長はそれを許さなかった。

「あなた達はゴブリンキングを倒すことができなかった。前金で差し出した金品を返してもらおうか」

「な、なんだと！」

「今思えば、もしゴブリンをあんた達が倒したとしても、金品を奪われた私達は、この村で生活することができなかっただろう。本当にゴブリンを討伐してくれたのがユートでよかったよ」

「この俺よりユートがいい……だと……」

それはプライドが高いギアベルにとって、最も屈辱的な言葉だった。

ギアベルの心の中に激しい憎悪が湧き起こる。

「大体、あなた達がゴブリンを刺激したせいで村は壊滅の危機に陥ったんだ。村長として、この村の住人の一人として、もうあなた達に関わりたくない。早めに村を出ていってくれないか」

村長の言葉を聞いて、村人達が鋭い視線をギアベル達に送る。

四人はその迫力に押され、一瞬黙り込んだ。

「くっ！　こんな村はこちらから願い下げだ！　ファラ、金を払ってさっさと帝都に戻るぞ！」

ギアベルは踵を返し、一人倉庫から出ていってしまった。

ファラはギアベルの命令どおり金品を村長に渡す。

「待ってくださいギアベル様～」

そしてファラはマリーとディアンヌと共に、逃げるようにギアベルを追いかけていった。

カバチ村から帝都グラスランドに戻ったギアベルは、城にある自室で塞ぎ込んでいた。

「くそっ！　くそっ！　何故こうも上手くいかない！」

――俺は帝国の皇子であり勇者だぞ。誰もが憧れ、尊敬する人物のはずが今はどうだ。依頼は失敗し、このままでは勇者の称号を剥奪されてしまう。そのような屈辱を味わうわけにはいかない。次の依頼は絶対に成功させなければならない。そのためには使えない雑魚共を排除して、一流の力を持つ者だけのパーティーを作るしかない。ファラやマリー、ディアンヌは女としてはよかったが、勇者パーティーの一員としては力不足だ。パーティーを一新する時にクビにしてしまおう。俺に必要なメンバーは……

ギアベルはこの時、何故かユートのことを頭に思い浮かべてしまった。

――ユートが勇者パーティーの一員だと？　あの無能だけは俺のパーティーには必要ない！　奴を入れるくらいなら一人の方がマシだ。それに帝国を追放されたユートとは二度と会うことはないだろう。だがもし次に会った時は、傷つけられたプライドの分だけ地獄を見せてやる。

トントン。

ギアベルがイラつき、機嫌をますます悪くする中、突然部屋のドアがノックされた。

しかしギアベルは人と会う心情ではなかったので、無視を決め込む。

トントントントン！

だが扉の外の者は諦めず、何度もドアをノックしてきた。

「ええい！　誰だ俺の気分を害する者は！」

ギアベルはノックの音が煩わしくなり、思わず返事をしてしまう。

するとドアが開き、太った中年の男が部屋に入ってきた。

「貴様は……ハメード伯爵」

「お久しぶりです。ギアベル様」

ギアベルはハメードの顔を見て蔑んだように鼻を鳴らし、背を向ける。

「帰れ。俺は今誰かと会う気分ではない」

「それは次の依頼を失敗すれば、勇者の称号を剥奪されてしまうからですか？」

「貴様！」

ギアベルは振り向きざまに素早く剣を抜き、ハメードの首の前で止めた。

「俺を愚弄《ぐろう》するとはいい度胸だ。今の俺は機嫌が悪い。首と胴体を分けられたくなければ、黙って部屋から出ていけ」

「これは訪ねるタイミングを間違えてしまいましたか。ですがそのようなことをされてもよろしいのですか？」

「どういうことだ」

「ギアベル様は勇者としての実績に飢えているように見えます。戦うだけが勇者の実績ではありませんよ」

「回りくどい言い方はやめよ！　貴様は何が言いたい」

「私があなたに勇者としてこれ以上ない実績を与えましょう」

「ほう？　だが、ただではなさそうだな」

ギアベルはハメードの首に当てていた剣を下ろす。話を聞く価値があると判断したのだ。

「そうですね。どのようなことでも対価というものが必要です。私はこの伯爵という地位で満足しているわけではありません。もしギアベル様が皇帝になられたあかつきには……」

「側近として取り立てろと言うことか」

「ギアベル様は話が早くて助かります。そのとおりです。もしギアベル様が実績を求めるのであれば、私とムーンガーデン王国に同行していただけませんか？」

「ムーンガーデン王国だと？　あの国はクーデターが起きたのではないのか？」

「ええ……ですが今は前国王の弟が王位に就いています。ちなみにこの新国王の妻が私の姉でして」

「詳しく話せ。行くか決めるのはそれからだ」

「わかりました。実は今回のクーデターですがそもそも――」

ハメードは今回のムーンガーデン王国のクーデターについて、そしてギアベルにはどのような利益があるかを説明するのであった。

◇◇◇

グラザムからクーデターの真相を聞いてから、一週間が経った頃。

「ユート、約束の時間は明日の昼だったか」

「はい。できれば今日中に関所に到着したいですね」

俺はリズとレッケさん、そしてマシロとノアを引き連れて、国境沿いにある関所に馬車で向かっていた。

「リスティヒのお屋敷で見つけた手紙には、帝国のハメード伯爵が来られると書いてありました。私は一度だけこの方とお会いしたことがあります」

リズの言葉を聞いて、レッケさんが頷く。

「リスティヒの妻の弟ですからな。婚姻を結んだ時、ムーンガーデン王国に来たのを今でも覚えています」

そのリスティヒの妻であるゲルダも既に捕らえられていて、軟禁状態となっている。だがさすがに帝国の伯爵家の縁者なので、牢獄に入れることはしなかったようだ。

国の規模としては帝国の方が圧倒的に上だからな。政治的な配慮をしたのだろう。

「それにしてもつい先日この道を通ったことが、まるで遠い昔のように感じます」

リズのその気持ちもわからないでもない。

カザフ村でニナさんと出会い逃亡、レッケさんとの出会い、国王陛下と王妃様の救出、リスティヒとグラザムの捕縛と色々あったからな。

「そういえば、ニナさんはリズのメイドとして雇うことになったんだっけ？」

「はい。身内の方もいらっしゃらないとのことでしたから」

リズは少し伏し目がちになる。

ニナさんの両親はクーデターの際に国王陛下側について死んだと言っていた。おそらくだがリズは責任を感じてニナさんを雇い入れたのだろう。

「それとアホードは今牢獄にいるんだよな」

「はい。お父様を助けた後、すぐにレッケさんにお願いして捕まえてもらいました」

やはりリズもアホードの傍若無人な振る舞いには、怒りを感じていたのだろう。対応が早い。

「リスティヒに加担した者達は全て牢獄行きとなっているため、牢の空きが足りなくなっているようだ。そのため、罪人は近い内に処分すると国王陛下が仰っていた」

処分とはおそらく命を奪うということだろう。まあリスティヒのもとでやりたい放題していたんだ。仕方ないだろう。

だがそんな奴らも全て捨て駒にされていたんだ。自業自得とはいえ哀れなものだ。

「そろそろ関所に到着します。リズリット王女はお疲れではありませんか？」

「大丈夫です。それより他の方は到着されているのですか？」

「既に到着しています。そして帝国の使者もサルトリアの街にいるとのことです」

「わかりました。明日が楽しみですね」

こうして俺達の乗った馬車は国境沿いにある関所に到着した。だがこの時の俺は、因縁の相手と再会することになるとは、夢にも思ってはいなかった。


帝国との会談当日。

俺とリズは関所の三階にある部屋で、ハメードが来るのを待っていた。

「遅れていますね。何かあったのでしょうか」

リズは窓の外を見てポツリと呟く。

「いや、それはないと思うよ。昨日からサルトリアにいたようだし、会談は昼からだ。寝過ごしたというのも考えにくい。おそらく面子の問題じゃないかな。あっちの方が立場が上だから、俺達が待つのは当然とでも思ってるんじゃないか」

「そういうものですか。私でしたら相手を不快にさせないために、十分前行動を心掛けますけど」

「リズはその清い心を持ったままでいてくれ」

「よくわかりませんが、わかりました」

そして会談の予定時間を三十分程過ぎた頃。

ようやく馬に乗った者達の姿が見えたが、その内の一人には見覚えがあった。

「げっ！」

俺は慌てて部屋の中に隠れる。

「ユート様？　どうされましたか？」

なんでこんな所にいるんだ！　まさかあの男が来るとは思わなかったぞ。あの男と知り合いだと思われたくないので、なんでもないと嘘をつきたいところだが、もしリズが知らずに近づいてしまって、変な目にあったら嫌だから正直に話そう。

「実は……俺は以前勇者パーティーにいたんだ」

「えっ？　ユート様が勇者パーティーに？　なるほど。ユート様の強さに納得です」

「まあとりあえずそのことは置いといて、あそこに金髪の男がいるだろ？　あれがその時の勇者だったんだ」

「そうなのですか！　それではあの方は素晴らし……」

「くない」

「えっ？」

「素晴らしくない。人間的に最悪な奴だ。アホードやグラザムと同じ様に、自分のことしか考えられない奴だから、リズは関わってはダメだ」

リズみたいな心が綺麗な子を、ギアベルのような汚れた奴と会わせたくない。

「わかりました。女神セレスティア様もユート様に従うよう仰っています」

これでいい。今回の会談はリズは表には出ないことになっているから、余程のことがない限りギアベルと会うことはないだろう。

本来ならばこの会談はリスティヒかグラザムが担当するはずだった。しかし二人は牢獄にいるため、会談には代理でレッケさんが出席するようにした。

おそらく帝国側は国境が封鎖されていたため、まだリスティヒが捕縛されたことを知らないはずだ。そのため、会談の内容を押さえるためにレッケさんにお願いしたのだ。

それにしてもギアベルはなんのためにここに来たんだ？　もしかしてハメードの企みに関係しているのだろうか。ギアベルは場を荒らしそうなので、できれば会談には出席してほしくない。

「ハメード！　こんな汚ならしい場所で会談を行うのか！」

うわあ、何か文句を言っているよ。

やはりギアベルは何も変わってないな。

「申しわけありません。この関所の管理については王国側に権限がありまして」

「古臭い建物だな。今にも壊れてしまいそうだ」

「壁も薄く、中は蒸し暑い劣悪な環境です」

「そのような場所に長居したくないな。その会談とやらをとっとと終わらせるぞ」

「承知しました」

ギアベルとハメードは不平不満を口にしながら、関所の中へと入る。

そしてハメード達が到着した後。

すぐに関所にある一室で会談が始まった。

第九章

レッケは帝国のハメード伯爵と対峙する。

今回のレッケの任務は、リスティヒとハメードの間で交わされた密約の内容を確認することだ。

「初めまして。私はリスティヒ……国王陛下の代理で来たレイドと申します」

騎士団長としての名前が知られている可能性を考えて、レッケはレイドという偽名を名乗ることにしていた。

「私はハメードです。よろしくお願いしますね。ですがよろしくするかどうかは、私の問いに答えてもらってからでよろしいですか？」

「はい。どのような質問でしょうか」

ハメードは笑みを浮かべながら口を開く。

「リスティヒ様、もしくはグラザム様が来られると思っていたのですが、お二人はどうされたのですか？」

「申しわけありません。実はリスティヒ……国王陛下は国を治め始めたばかりで多忙でして。そしてレジスタンスが活発に活動していると報告を受けているため、この場に来ることは危険だと判断しました。グラザム……様ですが、現在ムーンガーデン王国内にあるレジスタンスのアジトを探す任務についています」

「そうですか。久しぶりにお二人とお会いしたかったのですが、残念です」

レッケはリスティヒのことを国王陛下、グラザムのことを様をつけて呼ぶことに嫌悪感を抱き、思わず言葉に詰まってしまった。

特にそのことは指摘されず、危機を乗り越えたかのように見えたが、ハメードからの追及は終わらない。

「ですがあなたが本当にリスティヒ様の代理なのか、証明できるものはありますか」

「証明できるもの……ですか。私も急にここに来るように命令されたので……ハメード様からいただいた、本日の会談の手紙くらいしかありません」

「手紙ですか。確かにこちらは私が書いたものです。ですがこのようなもの、部屋に忍び込み盗んでしまえばどうとでもなります」

ハメードはレッケに対して訝しげな目を向けていた。

「でしたら本日の会談は取り止めますか？　私も疑われたまま会談をするのは本意ではないので。後日リスティヒ国王陛下かグラザム様が来られた時に会談をしましょう」

「そうですね。この案件は失敗できません。そうしていただけると助かります」

ハメードはそう口にすると立ち上がり、外に出るためドアの方へと歩き始める。

「ですが次の会談はないかもしれません」

しかし背中越しに聞こえてきたレッケの言葉に、ハメードは足を止めた。

「それはどういうことかお教え願いたいですねえ」

ドア付近にいたハメードはレッケの言葉を聞いて、再び椅子まで戻り座る。

「最近レジスタンスの抵抗が激しく、遠くない未来に玉座を奪われてしまうかもしれません」

「それは由々しき事態ですね。そうなれば我々の計画は全て水泡に帰してしまいます」

「現状あくまで可能性の話です。しかし、リスティヒ国王陛下が税を集め、貴族達は好き放題しているため、民の怒りはすさまじいものとなっています。このままでは……」

民を押さえつけるには軍の力が必要だ。しかしムーンガーデン王国は小国なため、軍の力は非常に弱い。そして政権が代わったばかりということもあり、統率が取れていないという。

その情報はハメードも持っていた。そのため、ハメードの中で迷いが生じる。

「どうされますか？　私としてはリスティヒ国王陛下の命令を遂行するため、会談を続けたいのですが」

「…………わかりました。今回の案件は帝国や王国はもちろんのこと、他国に悟られるわけにはいきません。迅速に話を進める必要があります」

「承知しました。では会談を続けましょう」

中止になりかけた会談が再開され、レッケは心の中で安堵のため息をつく。

「まずは会談の前に、リスティヒ国王陛下からハメード伯爵へお言葉をいただいています。クーデターを起こした際に、私兵を貸していただき感謝していますとのことです」

「姉の夫、我が兄であるリスティヒ様に協力するのは当たり前のことです。それに我らの計画のためには必要なことですから」

「その計画に関してですが、ハメード伯爵から詳しくお聞きしてもよろしいでしょうか？　私の認識と差異があったら大変ですので」

「承知しました」

ハメードの口から、会談の目的が語られ始める。

「まず今回のクーデターですが、先程もお話ししたように私も協力させていただきました。我が私兵と王国内で雇った傭兵達は、リスティヒ様の勝利の一因になったと思います。ですが私はただで協力したわけではありません。今後王国は地図上から消滅し、帝国の領地となります」

事前にその内容をグラザムから聞いていたとはいえ、レッケは怒りに震えた。

ハメードの狙いはその手柄をもって帝国内で成り上がることだった。

そして次期皇帝に最も近いギアベルをこの件に関わらせれば、恩を売れ、将来政権の中枢に居座ることができると考えたのだ。

「そしてリスティヒ様には国民の不満を高めていただきました。このことにより王国が帝国の領地になった際、反発する者は少なくなるはずです。むしろ国民は圧政を強いる王国より、帝国の方を望むでしょう」

リスティヒはそのために税を上げ、私腹を肥《こ》やしていたのだ。本来王位を手放すなど普通ではない。しかしある意味リスティヒの優れているところは、自分の身の程がわかっているところだ。王の器ではないと。そしてムーンガーデン王国は小国であるため、吹けば飛ぶような国の王になっても、身を滅ぼすだけだと考えていたのだ。

「私共もただで国をもらおうなどと思ってはいません。大白金貨三十枚で売っていただこうと考えています。まあ表向きは王国の民が帝国に助けを求めてきたため、仕方なしに占拠したということにするつもりですが」

「素晴らしいシナリオです」

「王国がなくなった後のリスティヒ様の受け入れ先も用意しておりますので、ご安心ください」

これがリスティヒとハメードが交わした密約の内容だった。

リスティヒは国を乗っ取っただけではなく、国を売るという大罪を犯そうとしていたのだ。

「ですが気をつけなければならないことがあります。まずはクーデターに帝国が関わっていたことを知られるわけにはいきません。内政干渉として他国から非難されてしまいます。そして今回の密約について、金で国を売ったことが世間に露呈すれば、私もリスティヒ様もただでは済まないでしょう」

あくまで世俗が好みそうな、悪である王国を正義である帝国が救うというシナリオが必要なのだ。

「ご説明ありがとうございました。では密約書をお渡し願えないでしょうか。必ずやリスティヒ様にお渡しいたします」

「わかりました。どうぞこちらを」

ハメードは一枚の紙をレッケに手渡す。

するとレッケはニヤリと笑みを浮かべた。

「これは証拠として押さえさせてもらう」

「ど、どういうことですか……」

「まだわからないのか？　リスティヒはとっくに捕まっているってことだよ」

「なっ！」

ハメードは驚きの声を上げ、後退る。

「まさかあなたは……レジスタンスのメンバーですか！」

「そうだ。気づくのが遅かったな。俺はレイドじゃなくてレッケって名前なんだ」

「レッケですって！　まさか元王国の騎士団長ですか！　だがレジスタンスの力が増しているとは聞いていましたが、この短時間でリスティヒがやられるとは……」

「残念だが奴とグラザムは牢獄の中だぜ」

「リスティヒの馬鹿者め！　秘密兵器のフレスヴェルグがあるから大丈夫だと言っていたではないですか！　まさか使うことができなかったのですか」

「いいや。使ってたぞ。一撃であの世に送られていたがな」

「一撃……ですって……Sランクの魔物と聞いていましたが間違いだったのでしょうか。それとも勇者パーティーに討伐されたとでも言うつもりですか」

「こっちには規格外の奴がいてね。残念ながらお前達の企みもこれで終わりだ」

ハメードは真実を聞かされて絶望し、床に膝をつく。

「さあ立て。あんたのことは拘束させてもらう」

レッケは縄を取り出し、ハメードを捕縛しようとするが……

「クク……」

「ん？」

「クックック……」

「あん？　あんた笑っているのか？」

ハメードは何故かこの絶体絶命の状況で、笑い声を発していた。

「これが笑わずにいられますか」

「それは分不相応な夢を見た自分が愚かで笑っているのか？」

ハメードはゆっくりと立ち上がる。

そしてレッケに対して不敵な笑みを浮かべた。

ハメードは文官なため、身体を鍛えているわけでもなく、剣の腕が立つわけでもない。

実力的に考えればレッケを倒し、この場から逃げるのは不可能だ。

だがハメードは笑っている。その目はどうにもならなくて自棄《やけ》になっているようには見えず、レッケは思わず身構える。

「証拠は……証拠はどこですか」

「私がクーデターに加担し、王国を買おうとした証拠はどこにあるのですか？」

「はっ？」

ハメードは薄ら笑いを浮かべ、自分が百パーセント正しいと言った様子で語りかける。

レッケはその常軌を逸した姿に恐怖を感じた。

「証拠も何もここに密約書があるじゃねえか」

「ふっ……それを私が用意したという証拠はありません。その密約書には私の名前はないですよね。そしてサインもしていません。仮にあったとしても誰かが私を嵌《は》めるためにしたことではないですか？」

「こ、こいつ！」

「レッケ騎士団長が私の名誉を毀損したと訴えることもできるのですよ」

「ふざけるな！　さっきお前は自分の口でベラベラと今回のクーデターの詳細を語っていただろ！」

レッケはハメードの物言いに苛立ち、感情を露わにする。

武官であるレッケと文官であるハメードの舌戦は、レッケに不利なように見えた。

「妄想を語るのはやめていただけませんか？」

「妄想……だと……」

「ええ。今私が話したことを他に聞いている者はいますか？　あなたが聞き間違えをしていないと誰が証明できますか？」

ハメードの言うことはメチャクチャだが、完全に間違っているわけではなかった。

この部屋にはレッケとハメードの二人しかいない。

ハメードが言うように互いに言ったこと、聞いたことを証明するものは誰もいなかった。そして……

「ムーンガーデン王国のような小国の言うことを誰が信じるでしょう？　確実な証拠でもない限り、大国であるバルトフェル帝国の言い分を覆すことは不可能ですよ。恥をかきたくないなら黙っていることですね」

「くっ！」

今度は先程とは逆にレッケが絶望し、床に膝をつく。

「では私は失礼します」

ハメードはこの場を離れるため、部屋の外へと歩き始めた。

「クク……」

だが突然背後から聞こえた声に、ハメードは足を止める。

「アーハッハッハ！」

レッケは我慢することができず、思わず大声で笑ってしまう。

その様子を見て、ハメードは一瞬呆然としてしまった。

「突然笑い出してどうしました？」

ハメードは振り向き、レッケに憐れみの目を向ける。

「いや、あまりにもおかしくてな」

「何がおかしい？　思いどおりに行かなくて気が触れでもしましたか？」

「その逆だ。何もかも思いどおりすぎて笑いが込み上げてしまったよ」

「思いどおり？」

「ああ」

「何が思いどおりにいっているというのです？　証人もいなくて自分達の企みが上手くいかなかった。そういうことですよね？」

「証人がいない？　証人なら……」

「ここにいますよ」

突然、一人の青年が部屋に入ってきた。

◇◇◇

俺は機会を見計らって、隣の部屋のドアを開ける。

あまりにもタイミングよく現れたため、ハメードは驚愕の表情を浮かべていた。

「だ、誰ですかあなたは！」

「俺ですか？　俺はユートと言います」

「なんの用ですか。私達は今、大切な会談をしているところです」

ハメードは会談の内容を聞かれていないと判断したのか、俺を部屋から追い出そうとしている。

とぼけるとは見苦しい奴だ。それなら真相を教えてやろう。

「ここの壁はとても薄いから声が丸聞こえなんですよ。あれ？　御存知かと思っていましたが」

「あなた……我々の話を聞いていたのですか」

怒ってる怒ってる。だがクーデターに手を貸した奴を許すわけにはいかない。絶対に逃がしはしないぞ。

「それで？　クーデターに手を貸したことと王国を買おうとしたことを認めますか？」

本当は隣の部屋で待機している予定だった。だがハメードが罪を認めなかったから、追及するために出てきたのだ。

しかしギアベルがいつ出てくるかわからないため、早急に決着をつけたいところだ。

これでハメードが罪を認めてくれれば、話は早いのだが。

「ふっ……小僧一人が聞いていたからなんだと言うのです。私はそのようなことを一言も言っていませんよ」

「この期に及んでまだしらを切るというのか。本当に往生際の悪い奴だな」

やはりしらばっくれてきたか。そもそもし罪を認めるような人物なら、レッケさんが問い詰めた時に認めていただろう。

だがハメードはわかってないな。嘘をつき続ければそれだけ信用がなくなり、罪が重くなるということを。

「これが最後通告です。クーデターに手を貸したことと、王国を金で買おうとしたことを認めますか？」

「だからなんのことですか。言いがかりをつけるなら、あなたも名誉毀損で訴えますよ」

バカな奴だ。罪を認める機会を与えてやったのに反故《ほご》にするとは。

ならばここからは容赦はしない。お前の罪を暴いてやろう。

「俺を訴える前に一つだけ教えてあげますよ」

「なんですか？　あなたのような子供がこの私に何を教えてくれるというのです」

ハメードはニタニタと下衆な笑みを浮かべている。

どうせ俺の言うことなど大したことないと思っているのだろう。

だがその薄汚い笑いを絶望の表情に変えてやる。

「言い忘れてたけど、この会談の内容を聞いていたのは俺だけじゃないですよ」

「何！　ですが誰が聞いてようが、私は何もしていません」

他の人も聞いていたと言ってもまだ罪を認めないか。ならば会談を聞いていた人達に登場願おうか。

「この方達を前にして同じセリフを言うことができるか楽しみですね」

「クックック……誰が来ようが私の無実は変わりません」

「そうですか。では入ってきてください」

俺は隣の部屋で待機していた人達を呼び寄せる。

すると男性二人と女性一人が部屋に入ってきた。

「ん？　誰ですか……ま、まさかあなた方は！」

ハメードは部屋に入ってきた人物に視線を向け、目を見開いた。

「権力を持つとここまで傲慢になることができると、逆に感心したよ」

「残念ながらハメード伯爵の悪事は全て聞かせてもらった」

「なんやおもろいことがあるいうから急いで来たけど、そのとおりやったな」

現れた三人は身なりがよく、一般人でないことが一目でわかる。

そして余裕の表情を浮かべていたハメードは、三人を見て顔を青ざめさせていた。

「何故あなた方がここに……」

「この青年に連絡を受けてな。バルトフェル帝国がムーンガーデン王国に内政干渉をしているから見学しに来ないかと」

「正直眉唾物だったが、真実だったようだ。このことは我が主に報告させてもらう」

「それと帝国には抗議文を出させてもらうで」

この中年の男性はアルト王国のブロックさん、白髪の男性はイシリス公国のコーエンさん。そして関西弁を話している女性がジルク商業国のハンナさんだ。

みんなそれぞれ出身国は違うが、一つだけ共通していることがある。

それは全員職業が同じなのだ。

「ま、まさか周辺諸国の大使がいるとは……」

そう……俺は会談の日を聞いた後、国王陛下の名前で周辺諸国に手紙を出していたのだ。

もしムーンガーデン王国の者がハメードを捕らえても、絶対に罪を認めないと思っていた。

三ケ国の大使の方々は帝国の悪事を暴くためならと、この関所に来てくれたのだ。本当はムーンガーデン王国の東にある、ガーディアンフォレストにも手紙を出したのだが、断られてしまった。リズに聞いたところ、どうやらガーディアンフォレストはエルフの国で閉鎖的なため、国民は滅多に自国から出てこないとのことなので、仕方ないと言われた。

残念ではあるが、少なくとも三ケ国の大使が現場を押さえたんだ。これで罪を認めるしかないだろう。

「全てユートの言ったとおりになったな」

「悪党程罪を認めないので。確実に言い逃れができない状況を作っただけですよ」

「まさかこの小僧が私を嵌めたのか！」

「そんなことはどうでもいいです。クーデターに協力したことと、ムーンガーデン王国を金で買おうとしたことを認めますか？」

周囲に静寂が訪れ、全員の目がハメードに注がれる。

「わ、私は……クーデターに協力したことも……ムーンガーデン王国を買おうと画策したことも……認める」

さすがにこれだけの面子の前で嘘をつくことはできなかったようだ。

これでクーデターを起こした元凶達を捕まえることができた。

後はギアベルだけど、ムーンガーデン王国でクーデターが起きた時は、普通に勇者パーティーとして冒険してたよな？　あの時は四六時中ギアベルと一緒にいて、こき使われていたからわかる。怪しい奴と会っている素振りはなかった。

この計画にはギアベルは関係ないのか？

だとすると、わざわざこんな所にいるのもおかしい。

俺は疑問に思ってハメードに問いかけようとした。

だがその時、突然ノックもされず部屋のドアが開いた。

「ハメードまだ終わらないのか？　いい加減俺は……貴様はユート！」

「ギアベル！」

ギアベルは俺のことを認識すると同時、腰に差した剣を抜き、上段から振り下ろしてきた。

「死ねぇぇぇっ！」

鋭い攻撃が俺の脳天を襲う。

だがギアベルの姿が見えた時、攻撃してくるだろうなと思っていたので、俺は反射的にバックステップで剣をかわした。

ノックもせずに部屋に乱入してくる無礼なところは変わらないな。そして俺と目が合うと躊躇いもなく剣を抜くって、どれだけ恨まれているんだ。

「しめた！」

ハメードがギアベルの乱入に合わせて、部屋から脱出する。

「ギアベル様！　こやつらを倒してください！」

「言われるまでもなく、ユートは俺が殺す！」

ハメードが部屋から遠ざかっていく。

まずいな。このままだと逃げられてしまう。

ハメードとしてはここで捕まったら死罪は確定だから、どんな手段を使ってでもこの場から逃げ出したいだろうな。

「なんやなんや突然！」

「あれは帝国の皇子、ギアベル様じゃないか」

「まさかこの計画に関わっているのか！」

大使の方々は突然の襲撃に驚きを隠せない。

ここで何かあったら外交問題になってしまう。しかしこのままハメードを逃がすわけにはいかない。

「レッケさん！　大使の方々の護衛を！」

「お、おう！　わかった。だがユートはどうするんだ？」

「俺はハメードを追います」

「待てユート！　ここで会ったが百年目。逃がすものか！」

俺は急いで廊下に出てハメードの後を追う。

そしてギアベルも殺気を振り撒きながら、俺の後を追ってきた。

第十章

ハメードを追いかける中、背後からギアベルが追いかけてくる。

少なくともギアベルは大使の方々に手を出すつもりはないようだ。

それならこのままハメードを追いかけて、広い場所に出たらギアベルと決着をつけるとしよう。

「待ちやがれ！」

「そのセリフはハメードに言ってくれ」

「誰が止まるものか！　私はこのまま逃げおおせてみせる！」

ハメードは関所を出て帝国側へと走り出す。サルトリアの街に逃げ込まれたら厄介だ。

しかしそうはさせない。

「ノア！」

俺は関所の城壁に向かって声を上げる。

「任せてください！　氷拘束魔法《アイスバインド》」

ノアが魔法を唱えると地面が凍りつき、無数の氷の手がハメードの動きを封じる。

「なんだこれは！　動けん！」

ハメードの下半身を氷が封じているため、それ以上逃げることができない。

ふう……万が一を考えてノア達を待機させておいてよかった。

逃げるなら帝国側に行く可能性が高いと考えていたからな。

ちなみに城壁にはノアだけではなく、マシロとリズもいる。ノアが逃がした場合はマシロの攻撃魔法で止める予定だったので、ハメードはある意味痛い思いをせずに済んでよかったと言えるだろう。

「ユート様」

城壁の上からリズが手を振ってきたため、俺も手を振り返す。

作戦が成功してよかったけど、まだ終わりではない。むしろ俺にとってはこれからが本番だ。

「ユート！　観念しろ！」

背後から殺気を纏ったギアベルが迫ってきた。

「俺はギアベルと戦うつもりはない。だがハメードは連れていかせてもらうぞ」

「ユートが現れた今、ハメードなどどうでもいい」

どうでもいいのか？　そうなるとギアベルは今回の話とは無関係ということになるのか？

「俺はただ、ムーンガーデン王国が手に入るから立ち会ってほしいと言われただけだ」

「王国が手に入るって、普通おかしいと思わないのか？」

「俺は何か実績が欲しかっただけだ。だが今は実績よりお前を倒すことが優先だ」

「俺には戦う理由はない」

「お前にはなくても俺にはある！」

正直ギアベルの我が儘に付き合っていられない。お前の最優先事項は俺かも知れないけど、俺の最優先事項はハメードを捕らえることだ。

だけどギアベルをこのままにしておくわけにはいかないことも確かだ。

「ハメードとの関係について、ムーンガーデン王国で起きたクーデターに、どこまで関与してるか教えてもらうぞ」

「お前ごときに話すことなどない。もし俺の話が聞きたいというなら力ずくで言わせてみろ」

やはりこうなってしまったか。ギアベルが素直に話すとは思えなかった。

こうなったらお前の望みどおり、力ずくで口を割らせてやるよ。

「ユート！」

ギアベルと戦う決意をした時、レッケさんが関所から現れた。

「レッケさん、ハメードをお願いします」

「おう……って！　凍ってる！」

「大使の方々は大丈夫ですか？」

「今は部屋に待機してもらっている。兵士達が守っているから大丈夫だ」

それなら後はギアベルを倒すだけだ。

「リズ、決闘の立会人になってくれないか？」

「わ、私がですか？　わかりました。今そちらに行きますので、よろしくお願いします」

よろしくお願いします？　どういうことだ？　だけどその答えはすぐにわかった。

なんとリズは城壁から飛び降りてしまったのだ。

このまま地面に着地したらリズは怪我をしてしまう。

俺は落ちてきたリズをお姫様抱っこで受け止める。

「ありがとうございます」

「無茶をする。次からは事前に教えてくれると助かる」

「承知しました」

本当に頼むぞ。だけど絶対に受け止めてくれると、信じきった表情をしてくれたことは嬉しかった。そのため、強くは言えない。

「女といちゃついているとは余裕だな。もし俺が勝ったらその女をもらってやろうか？」

「お前には死んでもリズは渡さない」

「そのセリフは俺を倒してから言うんだな」

こうしてギアベルと再会した俺は、バルトフェル帝国とムーンガーデン王国の国境にて、決闘を行うこととなった。


俺は剣を抜き、ギアベルと対峙する。

「雑用係が勇者の俺と決闘できるなんて、光栄に思うんだな」

「それはギアベルの勇者としての格が下がったから、決闘することができたってことか？」

「貴様！　舐めたことを」

ギアベルの現状など知りたくもないけど、おそらく勇者パーティーは弱体化しているのだろう。

俺がいた時はこっそり神聖魔法で強化していたからな。

あの時のギアベル達は強くなった原因を自分達の才能のおかげ、隠された力が発揮されたとバカなことを言っていた。

そして神聖魔法の恩恵を受けることができなくなったらどうなるかなんて、誰でもわかることだ。

「そういえば取り巻きの三人はどうしたんだ？　愛想をつかされたのか？」

「この俺が捨ててやったんだ！　役立たずの無能は俺のパーティーには必要ないからな」

どうやら弱体化しているという俺の予想は当たってるっぽいな。

「やれやれ、パーティーが上手くいかなくなると他人のせいか。ギアベルは全く成長してないんだな」

「雑用係が調子に乗るな！　いいだろう。俺の実力を見せてやる。だが俺の実力を知った時、お前は地獄に落ちていると思うがな」

「やれるものならやってみろ」

睨み合う俺とギアベルの間に火花が飛び散る。

だが火花を出していたのは俺達だけではなかった。リズがジーっとギアベルの目を見ていたのだ。

「なんだ、女？　この俺を睨みつけるとはいい度胸だ。ユートを貶《けな》されて怒っているのか？」

「ユート様にひどいことを言うなんて許せません」

ギアベルはリズが自分を睨みつけていると言っていたが、俺にはただ普通に視線を送っているようにしか見えなかった。しかしリズはギアベルの言うとおりどうやら怒っているようだ。

「女神セレスティア様は仰いました。ユート様に暴言を吐くあなたには天罰が下るでしょうと」

「はあっ？　こいつ頭がおかしいんじゃないか？」

ギアベルの言いたいことはわかる。だけどリズは神託のスキルを持っているからな。

あんまり変なことを言うとセレスティア様に……いや、セレスティア様の信者である猫にやられるぞ。

マシロも唸りながらギアベルを睨みつけている。このままだと本当に襲いかかりそうだから、俺はギアベルとリズの間に入る。

「リズをバカにするやつは俺が許さないぞ」

「どう許さないか教えてもらおうか」

俺はギアベルと一定の距離を取る。

そして剣を構えると、リズが開始を宣言した。

「それでは始めてください」

まずは様子を見るか。

勝ち気で傲慢なギアベルなら、開始と同時に仕掛けてくるはずだ。

「死ねぇぇっ！」

俺の予想どおり、ギアベルは猛スピードでこちらに迫ってきた。

そして右に左にと連続で剣を振る。

速い！　手合わせするのは初めてだが、予想以上の剣速に驚いてしまう。

「なんだ？　手も足も出ないってやつか？　いつまで防げるか見物だな」

こちらが攻撃しないことに気分をよくしたのか、ギアベルの剣速がますます速くなっていく。

しかしいくら勇者であるギアベルでも、全力で剣を振るい続けることなどできない。

突如剣の嵐が止むと、ギアベルは後方に下がり距離を取り始めた。

「はあはあ……どうだ。ユートごときでは……防ぐのが精一杯だろ」

さすがは勇者と呼ばれているだけはある。

並みの魔物や人間なら今の攻撃でやられていたかもしれない。

しかし天界で鍛練していた俺には通じない。

「それじゃあ今度はこっちの番だ！」

「くっ！」

俺はギアベルに向かって突撃する。

そしてさっきのギアベルと同じ様に、連続で剣を振るって攻撃を仕掛けた。

「そ、その程度の攻撃で！」

その程度と言っている割には汗をかいて、必死の形相で防いでいるように見える。

だがなんだかんだ俺はその防御を打ち破ることができず、一度ギアベルから距離を取った。

「はあはあ……ざ、雑用係にしてはなかなかやるじゃないか。だが俺はまだ半分の力しか出していない」

「そうか。それなら早く全力を出したらどうだ？」

「言われなくても！」

ギアベルは強がりを言っているように見えた。さすがにさっき以上の実力は隠していないと思うけど。

「それを仰るのでしたら、ユート様も本気でやられていませんよね？」

「な、なん……だと……」

突然のリズの指摘に、ギアベルは驚きを隠せない。

「はあはあ……戯れ言を言うんじゃない！　ユートが本気じゃないだと？　笑えない冗談だ」

さすがにリズはわかっているか。

リズの指摘は正しい。しかし完全に手を抜いているわけじゃない。

剣だけの技術なら俺とギアベルは同等だろう。だが決定的に違うものが二つあった。

「そうだな。リズの言うとおり、俺はまだ本気で戦ってない」

「はっ！　強がりを言いやがって。それならお前の本気を見せてみろ！　この勇者である俺が、容赦なく叩き潰してやろう」

「じゃあお言葉に甘えて……神聖身体強化魔法《セイクリッドブースト》」

俺は左手に魔力を込めて、自分自身に魔法をかける。

すると自分の力とスピードが強化されたことがわかった。

「ふん！　わけのわからない魔法を。それで強くなったと言いたいのか！」

ギアベルが上段から斬りかかってきた。さっきまでは受けに回っていたが、今回は違うぞ。

俺は迫ってくる剣に合わせて横一閃になぎ払う。

するとキィンという甲高い音がなると共に、ギアベルの剣が宙を舞った。

「くっ！　バカな！　なんだこの力は」

ギアベルは後方へ下がると、剣を持っていた右手を左手で押さえる。

おそらくあまりの力に堪えきれず、右手が痺れてしまったのだろう。

「拾えよ。剣を拾うまで待っててやる」

ギアベルにとっては屈辱的な言葉だろう。だけど剣を拾わなければ、自分の敗北が決定的になってしまう。

ギアベルは苦虫を噛み潰したよう顔で剣を拾う。

「い、今のは偶然だ。汗で手が滑って剣を離してしまっただけだ。調子に乗るなよ」

「それなら次は剣を離さないように気をつけるんだな」

俺とギアベルの決定的な差の一つが神聖魔法だ。この魔法がある限り、俺はギアベルに負けることはないだろう。

「ぬかせ！」

ギアベルが激昂しながら斬りかかってくる。

俺はその攻撃に対して、あえて受けに回ることにした。

「死ね死ね死ね死ね！」

自分の剣で、ギアベルの剣を容易に捌いていく。

先程と同じ様に連続で斬りかかってくるが、その剣には鋭さがなく軽い。力がほとんど込められていないように感じた。

「はあはあ……くそくそっ！」

そしてギアベルは疲労で剣を振るうことができなくなってしまったのか、地面に剣を落としてしまう。

俺とギアベルの決定的な差の二つ目が体力だ。

ギアベルは少し剣を振るっただけで、明らかに息が乱れていたし、尋常じゃない汗をかいていた。

「ギアベル……鍛練をさぼってたんじゃないか？」

「はあはあ……た、鍛練？　そんなもの天才の俺には必要ない」

俺がギアベルのパーティーに入った当初は、少なくとも鍛練をしていた。もしかして俺が神聖魔法を使ってしまったばかりに、自分の力を過信してしまったのだろうか。

「だけどその結果がこれだ。鍛練をしなければどうなるか、わからない程バカじゃないだろ？」

俺はギアベルの首に剣を向ける。

「くっ！　何故だ！　何故このような結果に……」

「一つだけ教えておく。たとえ鍛練をしていたとしても俺には勝てなかったと思うぞ」

「そんなはずはない！　天才のこの俺が凡人のユートに負けるなどありえない話だ！」

う〜ん……自分で言うのもなんだけど、この圧倒的実力差がわからないのか？　妄想の自分を信じ、現実の自分からは目を逸らす。こう言っちゃ悪いかもしれないけど、皇帝陛下は子供の育て方を間違えたな。この先、もしギアベルが皇帝になったら帝国は滅びへと一直線に向かうだろう。

ここは一度お灸《きゅう》を据えておいた方が帝国のためにはいいかもしれない。

俺は剣を鞘に納める。

「この決闘はユート様の勝ちですね」

「ちくしょう……」

ギアベルは負けたことがショックなのか、膝から崩れ落ちた。

だけど勘違いしてもらっては困る。勝負はまだ終わってないからな。

俺は両手の指の骨を鳴らしながらギアベルに迫る。

「ちょ、ちょっと待て……決闘は終わったはずだ」

「何を言ってるんだ？　俺を殺そうとしたくせに、自分が窮地に陥ったら決闘は終わりって、都合がよすぎないか？」

「だが立会人もお前の勝ちだと言っていたじゃないか。女、ユートを止めろ」

しかしリズはギアベルと視線を合わせない。そして一言ポツリと呟く。

「女神セレスティア様は仰いました。愚かなる子羊の願いは無視するといいでしょうと」

「なんだと！」

「お前には勇者パーティーにいた頃の恨みもあるんだ。覚悟してもらうぞ」

「ひぃっ！」

俺は右手を丸めて拳を作り、ギアベルに見せつける。

「ま、まさかこの俺を殴るというのか……」

「だったらなんだ。この一発で許してやろうと言ってるんだ。優しいだろ？」

ギアベルは後退るが、疲労のためか動きが鈍い。

「今までやりたい放題してきたんだ。少しはその報いを受けるがいい」

ギアベルの顔面に向かって拳を放つ。

するとギアベルはなす術もなく拳を食らい、国境の壁まで吹き飛んだ。

そして地面に倒れたまま、ピクリとも動かなくなるのであった。

まあなんだかんだ言っても勇者だから、これで死ぬことはないだろう。

こうしてギアベルとの決闘は俺の勝利となり、勇者パーティーにいた時の恨みを晴らすことに成功した。

エピローグ

ギアベルを倒した後。俺は関所の一室にいた。

本来ならハメードの件を確認したら王都に戻るつもりだった。しかしギアベルの様子を見守るため、ここに残ることにしたのだ。

ちなみにギアベルの事情聴取はレッケさんと王国の兵士、帝国の兵士が行っている。大使のお三方も結末を見届けるため、この場に残っているようだ。

俺はギアベルが万が一逃げた時のために、別室に待機している。ギアベルは俺がいると感情的になることが予想できたため、顔を合わせないようにしていた。

そして十日間の長い取り調べの結果、ギアベルはクーデターには関わっておらず、ムーンガーデン王国の売買についても詳しくは知らないと結論づけられ、罪には問われないことになった。だけど皇族として軽率な行動であると判断され、皇帝陛下から何かしらの罰が与えられるとのことだ。

こうしてクーデターから始まったトラブルは終わりを迎えることになった。後はこの異世界を謳歌しながらスローライフを送るだけだ。

しかし世の中は自分の思いどおりに行かないものだ。

「ユートよ！　よくやってくれた！」

ローレリア城に戻ると、国王陛下と王妃様が出迎えてくれた。

「国王陛下、全てはユートの予想どおりの結果となりました！」

レッケさんが興奮気味に報告をしている。

「さすがだな。これはさらに褒美を与えねばなるまい」

「ここはやはり元帥の地位が相応しいかと！」

「いや、ちょっと落ち着いてください」

「あなた、何を言ってるの。ユートくんには王になってもらうのよ」

「マジで落ち着いてください。お願いですから」

「だがこれ程の功績を残した者に何もしないわけにはいかぬ」

このままだととんでもないことを押しつけられそうだぞ。何かいい策が思い浮かべばいいけど……ダメだ。何も思い浮かばない。こうなったらとりあえず時間稼ぎをするしかないな。

「国王陛下……国民は今、クーデターが起きたことで生活が苦しくなっています。私の褒賞よりまずは国民の支援が先ではないでしょうか」

「むう……確かにユートの言うとおりだな。多額の税金を搾取され、クーデターにより治安が悪くなったことで、盗賊達の数も増えた。国民はかつてない程の苦しみを味わっている」

「私個人のことより、まずは国を……国民を救うことを優先してください」

「わかった。済まないな。だが必ずユートには相応の褒賞を渡すことを約束する」

「わかりました」

これで考える時間ができた。だけど変な褒賞をもらうくらいなら、国を出ることも考えないとな。

でもこの時、リズのことが脳裏を過った。

国を出るということは王女であるリズとは別れるということだ。

リズはちょっと世間知らずなところもあるけど優しくていい子だ。できればこれからも側にいたいなと思う。

……頼むから国王陛下は変な判断をしないでくれよ。

俺は褒賞の内容を気にしながら、用意してくれた部屋へと戻る。

「ふう……」

部屋に入るとベッドにダイブし、ため息をつく。

「どうしたのですか？　疲れましたか？」

「疲れていないように見えるか？」

「見えませんね」

マシロがベッドに乗り、話しかけてきた。

「ユートさんはすごいですね。もしかしていつもこのようなトラブルを解決しているんですか？」

「いやいや、こんなことが何度もあったら身体が持たないよ」

ノアもベッドに乗り、語りかけてくる。

「それに俺の力だけじゃないさ。マシロもノアもよくやってくれた。ありがとう」

「べ、別にあなたのためにやったわけじゃありません」

「僕はユートさんの力になれればと思って頑張りました」

マシロとノアは正反対のことを言っている。

「とにかく疲れたよ」

「私もです」

「僕も」

「このまま寝る……か……」

目を閉じるとすぐに睡魔が襲ってきた。マシロとノアも疲れていたのか、そのまま眠ってしまったようだ。

こうして俺はもふもふの二人に囲まれながら、気持ちよく夢の世界に旅立った。

しかし、三日後にまたトラブルの種を拾ってしまうとは、今の俺は知るよしもなかった。

英雄パーティを追い出された少年、クルトの戦闘面の適性は、全て最低ランクだった。
ところが生計を立てるために受けた工事や採掘の依頼では、八面六臂の大活躍！　実は彼は、戦闘以外全ての適性が最高ランクだったのだ。しかし当の本人は無自覚で、何気ない行動でいろんな人の問題を解決し、果ては町や国家を救うことに——!?

◉各定価：1320円（10%税込）
◉Illustration：ゾウノセ

◉7巻　定価：770円（10%税込）
1～6巻　各定価：748円（10%税込）
◉漫画：古川奈春　B6 判

チートな海の力も
おいしい海の恵みも
ぜーんぶ
僕のもの!!

用途不明のスキル＜海＞を手にしたことがきっかけで、放逐されてしまったアレックス。そのスキルが、不思議な扉を通じて海にある物を取り出せる力だと知った彼は叔父・セオドアのもとで暮らしながら、商人になろうと決意する。だが実は、＜海＞の力はそれだけではなく——なぜか他人のアイテムボックスの中へ自在に行き来できるように!?　徐々に規格外な性能が付与されていくスキルを駆使した、アレックスのスローライフが幕を開ける!!

●定価：1430円（10%税込）　●ISBN：978-4-434-35166-2　●Illustration：キャナリーヌ

この作品に対する皆様のご意見・ご感想をお待ちしております。

おハガキ・お手紙は以下の宛先にお送りください。

【宛先】

〒150-6019 東京都渋谷区恵比寿 4-20-3 恵比寿ｶﾞｰﾃﾞﾝﾌﾟﾚｲｽﾀﾜｰ 19F
（株）アルファポリス　書籍感想係

メールフォームでのご意見・ご感想は右のＱＲコードから、
あるいは以下のワードで検索をかけてください。

アルファポリス　書籍の感想　検索

ご感想はこちらから

本書は Web サイト「アルファポリス」（https://www.alphapolis.co.jp/）に投稿されたものを、改題・改稿のうえ、書籍化したものです。

猫《ねこ》を拾《ひろ》ったら聖獣《せいじゅう》で犬《いぬ》を拾《ひろ》ったら神獣《しんじゅう》で最強《さいきょう》すぎて困《こま》る

マーラッシュ

2025年 1月 30日初版発行

編集－藤長ゆきの・宮坂剛
編集長－太田鉄平
発行者－梶本雄介
発行所－株式会社アルファポリス
〒150-6019 東京都渋谷区恵比寿4-20-3 恵比寿ｶﾞｰﾃﾞﾝﾌﾟﾚｲｽﾀﾜｰ19F
TEL 03-6277-1601（営業） 03-6277-1602（編集）
URL https://www.alphapolis.co.jp/
発売元－株式会社星雲社（共同出版社・流通責任出版社）
〒112-0005 東京都文京区水道1-3-30
TEL 03-3868-3275
装丁・本文イラスト－たば
装丁デザイン－AFTERGLOW
印刷－中央精版印刷株式会社

価格はカバーに表示されてあります。

落丁乱丁の場合はアルファポリスまでご連絡ください。

送料は小社負担でお取り替えします。


ISBN978-4-434-35168-6 C0093